脚本：倉光泰子
ノベライズ：蒔田陽平

# PICU
## 小児集中治療室
## （下）

JN117973

扶桑社文庫
0786

本書はドラマ『PICU 小児集中治療室』のシナリオをもとに小説化したものです。

小説化にあたり、内容には若干の変更と創作が加えられておりますことをご了承ください。

なお、この物語はフィクションです。実在の人物・団体とは無関係です。

# 6

台所に立った志子田武四郎《しこたたけしろう》が弁当箱におかずを詰めている。肉団子の横に卵焼きを置き、空いたスペースをどうしようか考える。何かあったかなと冷蔵庫を開き、中段に置かれたタッパーに目を留めた。

「ねー」と居間の母に声をかける。

ひざを抱えながらぼんやりとテレビを眺めていた南《みなみ》が振り返った。

「これ、食べてって言ったじゃん」と昨日の残りの肉じゃがの入ったタッパーを手に、志子田は口を曲げた。

「あー、ごめん」

「置いとく?」

「いい。持ってって」

「……そう?」

だるそうに食卓を背にした母が少し気になったが、志子田はそれ以上何も言わず、肉じゃがを弁当箱に詰めはじめた。

救急車のストレッチャーに乗った杉本淳之介《すぎもとじゅんのすけ》の笑顔を見て、志子田は感慨無量になる。網走に帰れることが決まった途端、見違えるように顔色もよくなったのだ。そんな淳之介を見ているうちに、なんだか鼻の奥までむずむずしてきた。

「じゃあね、淳之介くん」

「先生、バイバイ」

手を振りながら、「あれ？」と淳之介は続けた。「先生、泣いてる？」

「泣いてないよ」

苦笑し、志子田はあらためて言った。「よく頑張った」

「うん。お手紙書くね」

「うん」

救急車が走り出すと、淳之介の表情は不安に曇りはじめる。父の亮平《りょうへい》の隣、搬送に付き添っている植野元《うえのはじめ》に訊ねる。

「救急車で網走までどれくらいかかるの？」

「途中休みながら行くから、着くのは夕方になっちゃうかな」

「飛行機なら早かったかな？　病院の近くにいっぱい飛んでた」

「……そうだよね……飛行機がよかったよね」

忸怩《じくじ》たる思いを隠し、植野が答える。ドクタージェットを運用するにはどうしても費用がかさむ。抵抗も多く、無理を通せば軋轢《あつれき》を生む。

正解は見えているのに立ちはだかる壁は高い。


ＰＩＣＵに戻った志子田は同僚の綿貫《わたぬき》りさと一緒に十歳の白血病患者、立花日菜《たちばなひな》のベッドへと向かった。

「おはよう。具合どう？」

志子田が訊ねると、「まぶしい！」と日菜が腕で目を覆った。

「え？　大丈夫？」

慌てて駆け寄る志子田に、日菜はイタズラっぽい笑みを向けた。

「先生がイケメンだから」

「そうだよね。ね？」とベッドに身を乗り出す志子田を無視し、綿貫が日菜に告げる。

「今日、検査あるからね」

「えー」

綿貫が日菜の胸を聴診している間、志子田はモニターの数値を確認していく。問題ないと顔を上げたとき、隣のベッドで眠る小松圭吾《こまつけいご》の姿が目に入った。拡張型心筋症《かくちょうがたしんきんしょう》を患い函館から運ばれてきた十二歳の少年だ。その指がぴくっと動いたと思ったら、まぶたがゆっくりと開かれた。

「!?」

志子田はベッドに歩み寄り、声をかけた。

「圭吾くん……聞こえる?」

圭吾の視線が志子田へと移る。志子田は優しく微笑んだ。

「おはよう、圭吾くん」

圭吾のカンファレンスのためにＰＩＣＵの一同がミーティングルームに集まっている。綿貫を差し置き、志子田が前に立ったのを見て、「あれ?」と今成良平《いまなりりょうへい》は驚いた。

「担当、綿貫先生でしょ?」

「植野先生からカンファは志子田先生に任せるようにと言われているので。スパルタでお願いします」

そう言って綿貫が一同を見回し、志子田も一礼して、話しはじめる。

「圭吾くんが五日ぶりに目を覚ましました。意識がしっかりしていたので抜管《ばっかん》していま
す。拡張型心筋症で心不全の増悪《ぞうあく》を何度も経験しているので、ふたたび悪化する可能性
があります」

ホワイトボードに書かれた圭吾の病状を見て、河本舞《かわもとまい》が言った。

「このままだと治療してもまた悪化のくり返しですね」

「心臓移植しないかぎりは」と救命医の東上宗介《とうじょうそうすけ》がうなずいてみせる。

心臓移植に関する議論が交わされるなか、志子田が割って入った。

「ですが、圭吾くんは心臓移植を希望しておらず、移植待機の登録はしていません」

「こんな状態が悪いのに？」

驚く河本に今成が言った。

「一度動いている心臓を止めて、違う心臓に入れ替えるなんて大人でも怖い手術だから」

「十二歳くらいになると、その恐怖が理解できますしね」と綿貫もうなずく。

一同が押し黙るなか、「はい」と今成が立ち上がった。

「志子田先生はどうしたらいいと思いますか？」

「えー……」

目を泳がせる志子田を見て、思わず綿貫が助け舟を出そうとする。そんな綿貫を今成

が制する。

「ささやき女将はもういらないよな？」

「……はい」

今成にうなずき、志子田は考えた治療計画を語りはじめる。

「えー、圭吾くんの症状を少しでも落ち着かせてあげたいので、アミオダロンとミルリノンで治療していきたいと思います」

「アミオダロンは副作用が強い。どうする？」と今成が訊ねる。

「副作用を抑えるために抗甲状腺薬《こうこうじょうせんやく》を投与したいと思います」

「なるほどね」

「うん、いいんじゃない」と小児外科科長の浮田《うきた》彰《あきら》もうなずいた。「その方向で進めていこう」

「綿貫先生、大丈夫？　なんかささやきたいことある？」

今成に訊かれ、「いいえ」と綿貫は志子田を見つめる。

「志子田先生がすべて言ってくれました」

照れたように志子田は小さく会釈を返した。

カンファレンスを終えた綿貫が志子田と東上を連れ、圭吾のベッドの前に立った。

「圭吾くん、担当の綿貫です。初めまして」

圭吾は一瞬綿貫のほうに目をやるが、すぐに手にしたスマホへと視線を戻す。

「それとサポートしてくれる東上先生と志子田先生」

東上が圭吾を覗き込むようにして、「よろしく」と挨拶し、志子田も続く。

「よろしくお願いします」

しかし、圭吾はスマホゲームから顔を上げようとはしない。

東上がそばを離れ、綿貫が訊ねた。

「圭吾くん、体調どうかな？」

しかし、圭吾は何も答えない。

「圭吾くーん」

「……」

「じゃあ、ちょっと胸の音聞かせてね」

聴診器を当てようとした綿貫の手を圭吾が払った。弾みでベッドテーブルに置かれていた病院食の皿が床に落ちる。

隣のベッドから様子をうかがっていた日菜が、目を見開いた。

「圭吾！」

母親の真美子《まみこ》が慌てて駆け寄った。こぼれた料理を拾い集める綿貫と志子田に謝り、

「周りに当たるのはやめなさいよ！」と息子を叱る。

「どうせ死ぬんだからほっといてよ」

圭吾が発した言葉に、真美子は悲しげに顔をゆがめた。


応接室へと場所を移し、綿貫、志子田、東上が真美子と向かい合う。

「お騒がせしてしまって、本当にすみません」

頭を下げる真美子を、「大丈夫ですよ」と綿貫が安心させる。「圭吾くんもまだ目覚めたばかりで不安定なんだと思います」

「圭吾くん、心臓移植の待機登録がまだですよね。お母さんとしてはどうお考えですか？」

東上に問われ、真美子は即答した。

「もちろん受けさせたいです」

「でしたら、できるだけ早く待機登録をしていただいたほうが」

志子田にうながされ、真美子は表情を曇らせた。

「……昔は移植に関して前向きだったんですけど、いつからか嫌だって言うようになってしまって……」

真美子は一同を見回し、すがるように言った。

「息子に心臓移植の件、説得してもらえませんか？」

「最善を尽くします」と綿貫が応える。

「お願いします」


診察を終え、志子田は日菜に柔らかな笑みを向けた。

「日に日によくなってきてるね」

「……先生、元気ないでしょ？」

「そう？」

「応援隊長だからそれくらいわかるよ」

「すごいな」

隣のベッドで眠る圭吾をチラッと見て、日菜は言った。

「意地悪されたから？」

「違うよ」

ベッドを離れかけた志子田を、「ねえ、先生」と日菜が手招きする。

「ん？」

※

網走の病院を辞めた矢野悠太《やのゆうた》が札幌に戻ってきた。実家の自室はすでに大学進学で出てきた甥が住んでおり、しばらくは志子田の家に居候《いそうろう》することになった。

「息子が増えたみたいでうれしい」と南は大歓迎だ。

幼なじみの河本と涌井桃子《わくいももこ》を招き、志子田家の居間は楽しげな声であふれている。食卓に置かれたホットプレートを前にジンギスカンの用意をしている矢野に、「悠太、あとこれ」と南が菜箸《さいばし》とトングを渡す。受けとりながら矢野が言った。

「ほかに何かある？　居候の身だからなんでもしますよ～」

「じゃあ、武四郎の面倒みてやって」

台所で野菜を切っていた志子田が、「なんだよ」と声を張った。「俺がなんもできねえみたいじゃねえか」

「いつまでも親のすねかじっちゃって」

すかさず河本が志子田に言う。

「武四郎はお母さんがいないとダメなんだよね～」

「ダメじゃないから。全然ダメじゃないから」

「強がっちゃって。ねえ」と矢野が南と顔を見合わせる。

「ねえ」

準備が整い、ジンギスカンが始まった。やはり、北海道の宴会といえばジンギスカンだ。柔らかなラム肉を頬張っていると、面白いように酒も進む。

矢野の空いたグラスを見て、桃子が訊ねる。

「ビール？」

すかさず南が息子をうながす。「武四郎、ほら」

志子田が立ち上がりなら、「飲む人？」と皆に訊ねる。河本と矢野が手を挙げた。

「あ、ついでに灯油見て。あとアイスも」

南の指示に河本が笑う。「暑いの、寒いの、どっち」

「少しは動けよ」と文句を言いながら志子田が冷蔵庫へと向かう。「母ちゃん、フラの練習、家じゃ全然やってねえから。桃子、喝入れてやってよ。ハワイに行くんでしょ」

「あんたがいないときにちゃんとやってるよ」

「……そうだよ。フラはやりたいときにやればいいの」と桃子が南をかばう。

「ハワイいいね。俺、一度も行ったことないわ」

「俺もない」と志子田が矢野にビールを渡す。「みんなで行こう。パーッとさ」

河本の前にビールを置き、席に戻ると志子田はチラと南を見た。視線に気づき、南は言った。「アイス持ってきてよ、アイス」

「人使いの荒いババアだね」と志子田はふたたび立ち上がった。

「ババア?」

相変わらずの母子のやりとりを聞きながら、桃子はうつむく。

南の体調がかなり悪いことを知ってはいたが、それを志子田に言い出せずにいた。その心苦しさが目を伏せさせたのだ。


宴が終わり、志子田は矢野のために自分の部屋を整えはじめる。余ったスペースにローテーブルを置き、何か使えるものはないかとタンスを物色していく。

矢野はスーツケースを開き、持参した衣服を取り出している。タオルの束を手に志子田が振り返った。

「仕事は?」

「まだそこまで考えられない」

「そっか……うち来れば？　植野先生に聞いてみようか？」

「……あのさ、網走の病院辞めたとき、看護師さんに謝られたんだ。助けられなくてごめんねって。俺……逃げてきたのに……」

矢野の前に腰を下ろし、志子田は言った。

「お前は逃げたんじゃないよ。しばらく休んだっていいんだよ」

「……」


その夜、ベッドで横になった志子田は、床に敷いた布団で寝ている矢野に声をかけた。

「悠太、起きてる？」

「……なんだよ」

「あのさ……母ちゃんのことなんだけど」

「どうした？」

「体調みてやってほしいんだ」

「は？」と矢野は身を起こした。志子田も半身になり、矢野を見る。

「最近、ちょっと顔色悪くて。でも、俺が聞いちゃうとなんか変に意地張っちゃうから。

ほら、昔、俺がしつこく心配したら、腹痛いの我慢して盲腸破裂させたことあったし」

「ああ」

「だからさ、気づかれないように軽く探ってみてほしいんだよね」

「わかった」と矢野はうなずく。

「頼むわ」


志子田と綿貫が手袋をはめながら圭吾のベッドへと向かっている。付き添う真美子に挨拶し、相変わらずスマホをいじっている圭吾に綿貫が声をかける。

「おはよう。圭吾くん、体調どうかな?」

しかし、圭吾は無視。綿貫は志子田を目でうながし、場所を譲る。

「大丈夫かな? ちょっと確認させてもらえる?」

聴診器を手に近づく志子田に、圭吾は背を向け布団をかぶった。

「不貞腐《ふてくさ》れないで、先生の言うこと聞いて」と真美子が困り声で圭吾をうながす。

圭吾の背中が大きく上下していることに気づいた志子田は、モニターに視線を移した。

「綿貫先生、少々心拍に乱れが」

そのとき、モニターが警戒音を発しはじめた。

「圭吾！」と真美子が息子に駆け寄る。

「お母さん、大丈夫です。ちょっとすみません」

すぐに志子田が真美子と入れ替わり、圭吾を診る。綿貫が志子田に言った。

「電解質異常かもしれない」

看護師の根岸詩織《ねぎししおり》に点滴を取りにいかせ、「血ガスとるよ」と志子田に指示する。

「はい。ちょっと押さえるね」

苦しむ圭吾の腕を志子田が押さえる。その間に綿貫は採血の用意をする。注射器を手にした綿貫の手がかすかに震えはじめるのを目にし、志子田は「？」となる。

どうにか震えを抑え、綿貫は無事採血を終えた。

「十二誘導お願いできる？」

「はい」と綿貫にうなずき、志子田は心電計を取りにいく。

心電計へとつながる電極のリード線を身体中に張り巡らされた圭吾がベッドに横になっている。急変が収まり、その表情は落ち着いている。

目を開けた圭吾に志子田は訊ねた。

「気分はどう？」

「……」

「少しでも苦しいときは、ちゃんと教えてね」

圭吾がボソッとつぶやいた。

「なんでだよ」

「？」

「なんで助けたんだよ！」

「！」

「死んだほうが楽だった！」

そう叫ぶと、圭吾は心電計のクリップを外し、タオルを志子田に投げつけた。

「圭吾くん、ダメだよ！」

しかし圭吾は暴れつづけ、志子田に向かって勢いよく点滴台が倒れた。かすめた金具が志子田を切りつけ、赤い筋が顔に走る。

激しい物音に今成と看護師の羽生仁子《はぶにこ》が駆け寄ってくる。

「おっとおっとおっと、何が起きた？」

志子田の顔を見て、「大丈夫？」と羽生が目を丸くする。

「しこちゃん先生！」

日菜の叫びを聞き、すぐに今成が「大丈夫だよ〜」と反応する。すかさず羽生が日菜のベッド周りのカーテンを閉めた。

「圭吾くんさぁ」

険しい顔で歩み寄ってきた綿貫を、「大丈夫です。ホント大丈夫なんで」と制し、志子田は外れたクリップをつけ直していく。

罪悪感にとらわれつつも、圭吾はプイと顔をそむけた。

消毒薬を含んだ脱脂綿を傷に当てられた瞬間、志子田はビクッと身体を震わせた。

「痛った……」

「結構パカッといったね」と綿貫がその傷に絆創膏を貼る。

「大したことないんで」

「人を傷つけるのはダメだって、ちゃんと言ったほうがいい」

「わかってます。でも、日菜ちゃんと約束したんで」

「？……」

「先生、今日、あんまり調子よくなかったですか？」

「ん？」

「何か代われる作業あったら、僕やりますよ」

「べつに」と綿貫は立ち上がる。「ちょっと疲れてただけだから」

そう言って、綿貫は治療室を出ていった。

志子田と綿貫が圭吾のベッドを押しながら検査室へと向かっている。前を向いたまま綿貫が圭吾に言った。

「志子田先生に素直に謝っておけば?」

圭吾がチラッと志子田をうかがう。

「大丈夫だよ。大したことないから」

綿貫が圭吾に顔を寄せ、ささやく。

「五針縫ったんだよ」

「!?」

圭吾の目が志子田の顔の絆創膏に釘づけになる。

「志子田先生、顔が唯一の取り柄だから、かわいそうだねぇ」

「……」

「気にしないで。たしかに先生、顔はすごくいいほうだけど縫ってないからね」

圭吾は綿貫をじろっとにらみ、すぐにスマホをいじりはじめる。

エレベーターに乗り込んだとき、「圭吾！」と女の子が駆けてきた。

「優里!?」

圭吾の驚きの声に、綿貫が閉まりかけた扉を止める。

「どうして返事かえしてくれないの？」

責めるように言われ、圭吾が返す。

「病院でスマホ使えないから」

「使ってんじゃん」と藤原優里《ふじわらゆうり》は圭吾の手もとを見て微笑み、「あ、これ」と手にした紙袋を差し出す。

「来るな！」

優里の足が止まった。

「行って。早く！」と圭吾が綿貫をうながす。綿貫は申し訳なさそうに優里に言った。

「検査あるから行くね」

「私、修学旅行、東京タワー登らなかった」

扉が閉まる前にと優里が早口で告げる。

「は？」

「圭吾と一緒に登るって約束したからだよ」

「……」

「ねえ、圭吾」とふたたび紙袋をかかげた優里に圭吾が叫ぶ。

「来るなって言ってんだろ！」

優里の顔が悲しげにゆがむ。それを見て綿貫が言った。

「志子田先生、お願いします」

うなずき、「ちょっとごめんね。まだ話せないんだ」と志子田は優里を押し戻しながら、エレベーターを出た。


廊下のベンチに座らせると、志子田は優里に訊ねた。

「圭吾くんのお友達？」

うなずき、優里は言った。「保育園からずっと一緒で」

「へー。函館から来たの？」

「おばあちゃんが札幌で、この土日だけ」

「そうなんだ」

「……二年ぶりです」

「ん？」

「圭吾と会えたの」

しみじみと言い、優里は志子田に訊ねた。

「どうして子どもは会っちゃダメなんですか？　おかしいよ」

「……それはね、病院には病気の子がたくさんいるでしょ。その子たちは免疫が下がってて」

免疫という言葉がわからず、優里は首をかしげる。

「あ……病気と戦う力が弱ってるから、ほかの病気がうつらないように予防してるんだ」

「どうしよう、さっき会っちゃった……」

焦る優里を、「大丈夫」と志子田は安心させる。「しばらく会えないかもしれないけど、連絡はとったりしてる？」

「LINE無視されてる」

「そっか……じゃあ、手紙は？　先生のところに送ってくれたら渡せるよ」

「？」

「既読スルーはさせない」

優里の顔が輝いた。

「本当に？」

「うん」

※

医局のテーブルで向かい合い、志子田と植野が昼食をとっている。志子田は自分の手作り弁当。植野はおにぎりだ。

頑なな圭吾の態度を報告し、志子田がつぶやく。

「小学生でも高学年となるとやっぱり、すごくむずかしいですね」

「大きくなると自分の意志をちゃんと持てるようになる。治療についても、意見が言えるようになるからね」

「移植には早く手を挙げたほうがいいと思うんです」

「治療っていうのは、その子にとって良いものをこちらが用意してあげるものだと思う。医療行為はもちろん大切です。薬を出すとか手術をするとか。でも、それだけじゃないと僕は思います。本心を聞いてあげられると良いですね。彼の人生ですから」

「はい」

夕方、志子田が圭吾の様子をうかがいにPICUに寄ると、外に出ていた真美子が慌てて戻ってきた。

「先生、お怪我本当にすみません」と頭を下げる。

「あの、ホント大丈夫です。僕が変なとこに立っちゃってたので」

真美子は圭吾に向き直り、手にした紙袋から何かを取り出した。

「圭吾。これ、優里ちゃんが持ってきてくれたのよ」

枕もとに置いたのはクラスメートからの寄せ書きとパワーストーンのついたキーホルダーだった。

「東京のお土産だって」

圭吾は手を伸ばし、その二つを投げ捨てた。

「どうして。せっかく持ってきてくれたのに」と拾い、寄せ書きを枕もとに戻してから、「願いが叶うって書いてあるよ」と真美子はキーホルダーを圭吾に渡す。しかし、圭吾はそれを握りつぶした。

「こんなの嘘に決まってんだろ。ふざけんな」

そう言って、圭吾はにらむように母の顔を見つめた。

「じゃあ、願えば俺がサッカーできんのかよ。バスケとか釣りとかできるの？」

言葉に詰まる真美子を、圭吾はさらに問い詰める。

「願い事するだけで、治るの？」

そんな圭吾を志子田がじっと見つめる。

「どうせもう死ぬんだよ」

真美子は悲しげに首を振った。

「なんでそんなこと言うの？　移植すれば治るの。何回も言ってるでしょ！」

「そんなの嫌なんだって！」

叫ぶように言って、圭吾はベッドから身を起こす。

「もう放っておいてくれよ……」

母の目に浮かぶ涙を見て、圭吾のなかで何かが爆発した。

「帰れ！……帰れよ！」

泣きながら声を荒げ、寄せ書きを破りはじめた。

「圭吾くん」

志子田の静止も聞かず、破った寄せ書きを床に捨てる。

その場に泣きくずれる真美子に、「お母さん」と羽生が駆け寄る。

「大丈夫ですか。ちょっと休みましょう」

羽生が真美子をＰＩＣＵから連れ出し、志子田は床に落ちた寄せ書きの破片を拾い集める。顔を上げたとき、廊下からぼう然と見つめる優里と目が合った。

「優里ちゃん……」

圭吾も優里の姿に気づいた。

「!?」

圭吾の視線から逃げるように、優里はその場から走り去った。


静まり返ったＰＩＣＵのなか、圭吾のすすり泣きが響いている。

志子田はゆっくりとベッドに近づき、テープで貼り直した寄せ書きとキーホルダーを枕もとに置いた。

イスに座り、背を向けた圭吾に向かって語りはじめる。

「……先生も実はさ、自分のお母さんには結構キツく当たっちゃうんだよね」

「……」

「中学のときなんかもう、毎日怒鳴り合ってたよ」

「先生には俺の気持ちなんかわかんない」

「……わからないよ。だから知りたいんだ」

「……」

「隣の子、日菜ちゃんって言うんだけどね。日菜ちゃんが教えてくれたんだ」

昨日の回診のとき、隣のベッドの圭吾をチラッと見て、日菜は志子田に手招きをした。そして、秘密を打ち明けるように小さな声で話しはじめた。

「圭吾くんって子、怖いんだと思う。だから、先生たちにあんな態度とるんだよ。私もわかる……倒れて、目を覚ましたあとが一番怖いの」

志子田は思わず隣のベッドに目をやる。圭吾は静かに眠っている。

「もう次は、目を覚まさないかもしれないって思うから」

「……」

「だから、怒ったりしないでね。約束して」

「わかった」とうなずくと、日菜はうれしそうに微笑んだ。

「先生、それ聞いて、圭吾くんも目を覚ました瞬間、怖かったのかもしれないなって思ったんだ」

志子田の声を背中で聞きながら、圭吾の目から涙がこぼれる。

「先生たちもお母さんも、圭吾くんの気持ちが知りたいんだよ。本心が」

「……」

「なんでもいいよ。話してごらん。今、感じてること、なんでもいい」

布団の向こうから聞きとれないくらいの小さな声がした。

「……怖い」

「うん」

「……すぐ疲れるのが嫌だ。身体がずっとだるい……みんなが楽しそうなのが悔しい。俺ばっか置いてかれてくみたいで悔しい……」

「うん」

「……どうせ死ぬなら、早く死んだほうがいい」

「でもね、圭吾くん。心臓移植わかるでしょ。移植をすれば治る可能性があるんだよ」

「……そんなことするくらいだったら死んだほうがいい」

「どうしてそんなに嫌なのかな?」

圭吾はゆっくり振り向き、言った。

「子どもが死ぬのを待つのが嫌だ」

ああ……そうか。

この子は本当に優しい子なんだ……。

圭吾の思いを噛みしめ、志子田は言った。

「きっとね、心臓をくれる子は、誰かの役に立ててよかったって思ってくれると思うよ」

「……でも、僕より大変な子がいて、その子からもらうんでしょ？　それに、早く子どもが死んじゃいますようにってお願いするみたいだ。かわいそうだよ」

そう言って、圭吾はふたたび背中を向けた。

「……」


志子田が帰宅すると矢野の姿がなかった。台所で手を洗いながら南に訊ねると、いい部屋が見つかったから不動産屋に行ってるとの答えが返ってきた。

「もう？」

つい残念そうな声が出た。

「もっとゆっくりしてもいいのにね。寂しいね」

「母ちゃんがコキ使うからだよ」

「違うよ。あんたのイビキがうるさいんだよ」

「え……かいてる?」

「知らないよ」

「なんだよ。え、俺イビキかいてる?」

「うるさいな。ときどきしかかいてないよ」

「ときどきかいてる?」

あまりのしつこさに南はため息。

「かいてんだ……」

冷蔵庫を開け、作り置きのおかずが入ったタッパーを取り出す。鶏と大根の煮物を小鍋に移しながら、志子田は言った。

「今はさ、十二歳の子も大人だね」

「精神年齢があんたより高いんじゃない? 今どきの子は」

「うちの患者さんなんだけどさ……その子は自分より大変な子を思いやれるんだ」

「そんな立派な子がいるんだ」

「……誰かの心臓をもらうくらいなら、死んでもいいってさ」

「……その子はきっとわかってるんだね。子どもの命はものすごく重いってこと」

小鍋を火にかけ、志子田は居間を振り向いた。

「未来や可能性が詰まってるから、子どもの命には。私とか長く生きた大人の命なんかと違って」

「……」

温まった煮物を小皿に移し、志子田は南に見せる。

「これくらい食べる？」

「あ、もう少し減らして」

「最近少食じゃね？」

「ダイエットしてんだよ」

「誰も見てねえよ」

「一応、現役のバスガイドです」

「食べてないからか知らねえけどさ、シワ増えたよ」

「えー！」

「なんか顔色もさあ、医者の目は誤魔化せませんよ。ちゃんと食べて」と志子田は小皿を食卓に置き、南に箸を渡す。

「子どもの命も大事だよ。でもさ、母ちゃんも大事だから。身体、つらかったら言えよ。予約とるから」

「ああ……ありがとう」

南の顔から表情が抜け落ちていく。

「あ、そっか……」

立ち上がり、南は居間を出ていこうとする。その背中に志子田が言った。

「あ、うれし泣きだろ？　泣くなよ。家訓だぞ」

「泣いてねーわ」

南は風呂場に入ると、ドアを閉めた。洗面台に後ろ手をつき、込み上げてくる感情を懸命に抑える。濡れたような重い息が「はぁ」と一つ漏れた。


「ヘルニアだって、おばちゃん」

志子田は勉強の手を止め、後ろで布団を敷いている矢野を振り返った。

「病院には通ってるって？」

「うん。薬飲んでるから大丈夫って言ってた」

「まあ、年齢的にもいろいろ出てくるか……」

「優しくしてやれよ」

「ふざけんなよ。ああいうのは甘やかしちゃいけねえんだ。何くそって元気になるタイプなんだよ」

勉強に戻るとスマホが鳴った。病院からだ。

「はい、志子田です……わかりました」

慌てて部屋を出ていく志子田を見送り、矢野はふと机の上に目をやった。びっしりと書き込まれたノートに努力の跡がうかがえる。

「……」


苦痛にもだえ、胸を抱える圭吾の背中を羽生がさすっている。そこに志子田が手袋をつけながら飛び込んできた。

「圭吾くん！」

今成が気管挿管の準備をしながら羽生に指示する。

「同期カルディオバージョン頼む」

「はい」

機器をとりに羽生が離れ、志子田が代わりに圭吾の背中をさする。圭吾は苦痛にゆがんだ顔で志子田の手をとり、かすかに口を動かした。

「……助けて」

「！……」

「寝かせるよ」と今成が苦痛に身を起こしていた圭吾をベッドに横たわらせる。羽生も戻り、圭吾の身体を一緒に押さえる。よほど苦しいのかものすごい力で暴れる圭吾を、ふたりがかりでどうにか押さえつける。

今成が酸素マスクを圭吾の顔に当てながら、鎮痛剤の準備をしている綿貫を急かす。

「フェンタニルまだ？」

「準備してます」

しかし、手が震えてなかなか薬剤を注射器に引けない。気づいた志子田が「代わります」と薬剤を受けとり、注射器で吸い上げ、トレイごとベッドへと持っていく。注射器から針を外し、シリンジを三方活栓《さんぽうかっせん》につなげ、薬剤を注入する。

「フェンタニル入りました」

「よし、もうすぐ楽になるよ」

「圭吾くん、頑張って」

苦しむ圭吾を今成、志子田、羽生が懸命に処置していく。

その光景を綿貫はなすすべもなく見守ることしかできなかった。

翌日、応接室で志子田と植野が圭吾の両親と向き合っている。昨夜の発作について丁寧に説明したあと、植野は言った。

「これだけの短期間で二度の心不全の増悪です。非常に危険な状態です。お薬でしばらく安静にしてもらうのが、良い方法ではないかと思っています」

真美子がゆっくりと口を開いた。

「……眠らせて……そのまま逝ってしまう可能性はないんですか？」

「なんてこと言うんだよ」と夫が妻を見る。

「だってそうでしょ！」

涙目で真美子は夫を振り返った。夫が絶句するなか、植野が言った。

「残念ながら、ありえないことではないと思います」

「人生に絶望して、そのまま亡くなってしまったら……あの子の人生って一体なんだったのでしょうか……」

嗚咽しながら思いを吐きだす真美子に、植野も志子田も何も言うことができなかった。

ＰＩＣＵを出ると、廊下に優里が立っていた。

「今日も来てくれたんだ」

「……圭吾のおばちゃん泣いてた。圭吾、そんなに悪いの？」

「今、頑張ってるんだよ」

「……頑張ってるのに、どうして元気になれないの？」

少女の真っすぐな瞳が志子田を射抜く。

「意地悪な人とか悪い人とかいっぱいいるのに、圭吾が治らないなんておかしいよね」

「……そうだね。おかしいね」

「圭吾が前に言ってた。俺は大金持ちになりたいとか、空飛びたいとか、そんなすごいこと言ってない。ただ普通の生活がしたいだけなんだって」

優里の目から涙があふれる。

「それくらいさせてもいいじゃんね」

「……」

「ひどいよ」

カバンにつけたパワーストーンのキーホルダーが小さく揺れる。

「……」

その夜、南と食卓で向かい合うと志子田は言った。

「ねえ、頼みたいことあるんだけどさ」

「え？」と南の箸が止まる。

「バスガイド、してくんない？」

※

ミーティングルームに集まった一同に資料を配り、目を通すのを待ってから志子田は皆の意見をうかがった。

「いかがでしょうか」

資料から志子田へと視線を移し、植野は言った。

「圭吾くんの心臓の状態、わかっていますね？」

「短時間の移動でも今の彼には負担が大きすぎる」と東上が植野の言わんとすることを言葉にする。

うなずき、志子田が答える。「体力のことを考えると三時間が限界だと思っています。外に出なければ、体力を消耗せず、感染症も防げると」

「心室頻拍《しんしつひんぱく》もあるし、リスクありすぎじゃない？」

綿貫の懸念に、「俺もそう思います」と東上が強くうなずく。

諭すように今成が言った。

「何かあったら責任とれないだろ」

皆を説得すべく、志子田は熱を込めて語りはじめる。

「圭吾くんは移植を拒んでいます。それは、彼が優しいからです。だから、あきらめてしまっているんです。でも……彼はまだ十二歳なんです。やりたいことがいっぱいあると思うんです。いっぱいあきらめてきたと思うんです。危険性があることは理解しているつもりです。ですが、これ以上……彼にあきらめてほしくないんです」

志子田の思いに綿貫の心は揺れる。

「しこちゃん――」

説得しようとする今成をさえぎるように植野が口を開いた。

「志子田先生にとって、これが最良の治療計画なんですね？」

「僕は、そう思います」

決意のこもった澄んだ目を見て、植野も覚悟を決めた。

「わかりました」

植野は立ち上がり、一同を見回す。「みなさん、検討してみましょう。ここは子どもたちを生かすための場所ですから」

綿貫と羽生、河本はうなずくも、東上と今成はむずかしい顔をしたままだ。

「今成先生、予備の酸素ボンベって借りられるか確認してもらえますか?」

今成は組んでいた腕をほどき、「しっかたねえなぁ」と立ち上がった。

「羽生さん、看護師さんのシフト組み直してもらえます?」

「了解です」

席を立ち、それぞれが自分の役割を考えながら動きはじめる。そんなみんなに、志子田は深々と頭を下げた。


数日後。

スクラブに上着を羽織った志子田と河本が圭吾を車イスに乗せている。毛布を渡され、「は?」と圭吾は怪訝な顔になる。「検査?　なんで毛布?」

「いいから」

「いや、よくないし」

「よし、行こう」

志子田が車イスを押し、歩きはじめる。点滴など圭吾につながれた医療機器を押しながら河本がついていく。

　その様子を日菜がうれしそうに見送っている。

　エレベーターを出たところで、「戻って」と圭吾が言った。「スマホ忘れた」

「ごめん、無理。時間ない」

「はあ？」

　廊下の角を曲がると、「こっちこっち」と矢野が手招きしている。

「悠太！」

「誰、あの人」

「優秀な救命医だよ。今日手伝いにきてくれたの」

「何を？」

　矢野は三時間にセットしたタイマーをスタートさせ、にこやかに圭吾に声をかけた。

「初めまして。矢野悠太です」

「……」

　裏口を出ると、目の前に観光バスが停まっていた。

　ワケがわからず、圭吾は目を丸くする。

「何すんの？」

「修学旅行、行こう」

思わず圭吾は志子田を振り向く。

見上げる圭吾に、志子田はニカッと笑った。


借りた機材の段ボールなどを片づけながら、綿貫がつぶやく。

「ホント迷惑ですよね。どうしたらああいう考えになるんだろ」

「だな」と今成も苦笑する。

修学旅行という突拍子もない提案が記された医療計画を手にし、植野が言った。

「彼、子どもの気持ちはよくわかるんで」

「子どもだからね」

今成の返しに、綿貫は微笑んだ。


「なんなの？　意味わかんない」

バスの前でごねる圭吾に志子田は言った。

「乗らないとスマホ返さないぞ」

「はあ？」

そのとき、バスの窓から真美子が「じゃーん」と顔を出した。その手には圭吾のスマホが握られている。

「うわ、最悪」

天を仰ぐ圭吾に苦笑しつつ、「行くよ」と矢野が車イスを押す。車イス乗降用の荷台を操作しながら、「おっせえな」と志子田が出口のほうをうかがう。

と、バスガイドの制服姿の桃子がやってきた。

「桃子？」と志子田が駆け寄る。「あれ、母ちゃんは？」

「南ちゃん、腰痛いんだって」

「……あいつ、病院行ってんのかよ」

桃子の表情がにわかに曇り、じんわりと瞳がうるみはじめる。しかし、志子田はその変化に気づかない。


前方のスペースに車イスと医療機器を固定し、出発の準備が整った。圭吾の隣には真美子、後ろには東上が座り、ほかの座席に志子田、河本、矢野、羽生が座っている。

桃子が前に立ち、マイクを握る。

「本日、ガイドをさせていただきます、涌井桃子と申します。みなさん、ぜひ桃ちゃんと呼んでくださいね」

すぐに志子田や河本、矢野から「桃ちゃ〜ん」の声が飛ぶ。

「ほら、圭吾」と真美子がうながす。

「あほくさ」

そう言いつつも、圭吾の顔にはほのかな笑みが浮かんでいる。

「では、東京の旅へ出発進行！」

「東京？」

圭吾の疑問をそのままにバスは軽快に走りはじめる。

「修学旅行といえば、これだよね」と河本がおやつの入った小袋を出し、皆に回す。圭吾は手にしたおやつをしみじみと見つめた。

桃子は一番前のイスに座りながらガイドをしている。

「さぁ、さっそく東京名物の一つが見えてまいります」

バスがゆっくりと停まり、桃子はバスの外を手で示した。

「あちらに見えるのが、あの有名な東京ドームでございます」

「お〜」

皆から歓声が上がり、圭吾も窓の外へと目をやる。巨大な宇宙船のような銀色のドーム型の建物が見える。

「なんなの、札幌ドームだし」

「じゃあ、ここでクイズです。北海道は東京ドーム、何個分の広さでしょうか？」

突拍子もない問題に、「え……何個分だろ？」と矢野がつぶやく。

想像もつかず、みんなは首をひねる。

「東上先生、知ってます？」と河本が隣の席をうかがう。

「一七八万四九二一個」

ボソッと下一桁まで答えられ、車内がざわつく。

「東上先生、大正解です！」

「お〜！」

みんなが盛り上がるなか、圭吾は冷めた目で窓の外を見つめている。

しばらく走ったバスが次に停まったのは動物園の正門前だった。

「あちらに見えるのが上野動物園です」

桃子のガイドに鼻白みつつ、圭吾は窓の外を見た。

「何が上野だよ。円山《まるやま》動物園じゃん」

門のところには修学旅行生だろうか、お土産の紙袋を持った同い年くらいの子どもたちが楽しそうにクレープを食べている。

圭吾の脳裏で、彼らの姿が自分とその友達に置き換わった。

口もとに浮かんだ笑みが、現実に戻り、消える。そんな圭吾を見て、志子田が窓の外を指さした。

「あれ、ハチ公だ！　ハチ公」

圭吾が志子田の指したほうを見ると、白い犬がちょこんと道端に座っている。

すかさず桃子が言った。

「そうです！　あれがハチ公ですよ」

「ただの犬じゃん」

「お、ハチがしっぽ振ってる。お～い！」

茶番を続ける志子田を無視するも、圭吾の目は白い犬に釘づけになっている。そんな息子を真美子が愛おしそうに見つめている。

バスは大通り公園に沿って走り、やがて停まった。窓の外にはテレビ塔がそびえ立つ。

こんなに近くで見るのは、初めてだった。

こんな高いんだ……。

見入られたように窓の外を眺めている圭吾に微笑み、桃子が話しはじめる。

「あちらに見えますのが東京タワーです。高さは三三三メートル。ゾロ目、縁起がいいですねえ」

「……札幌のテレビ塔だから」

苦笑しつつツッコむ息子に、真美子が優しく語りかける。

「圭吾、お母さんとお父さんね、東京タワーに一緒に登ってね、初めて手、つないだの」

「へえ、素敵」と恋バナ大好きの羽生が目を輝かせる。

テレビ塔を見つめながら、圭吾の脳裏にある光景が広がっていく。

校舎を出ようとする優里に圭吾が恥ずかしそうに手を差し出す。優里がニコッと微笑み、その手を握る。ふたりは手をつないだまま、外へと歩きだす。

「はい、これ」

志子田の声が圭吾を現実に引き戻した。志子田が差し出したのは『東京名物』とパッケージに描かれたチキンライス弁当だった。

「ここの有名なんだよ」

いつの間にか、みんなは弁当を食べている。

「ここの弁当食べてみたかったんだ。悠太、これ嫌いだよね」

「勝手にとんなって」

河本と矢野が小学生みたいなやりとりを交わし、真美子も「おいしいですね」と桃子とうなずき合う。

「東上先生は苦手な食べ物とかあるんですか？」

羽生に訊かれ、東上がボソッと言った。

「ピーマン」

またも意外な回答に、羽生が笑う。

そんな周りの声を聞きながら、いつしか圭吾は夢想している。

教室で友達とあれが嫌い、これが好きと言い合いながら給食をとっている。好物のプリンをジャンケンで勝ちとり、ガッツポーズする自分を優里が笑って見ている。

圭吾はパッケージを外し、弁当のフタを開ける。色鮮やかなチキンライスの横に卵焼きと大きなウインナーが入っている。

ウインナーを箸でとり、口に入れる。

確かな歯ごたえと同時に、懐かしい味が広がっていく。

圭吾の顔にかすかな笑みが浮かぶのを志子田や真美子、バスに乗っているみんながそっとうかがっている。

その後もバスはいくつかの疑似東京名所を回り、ある場所で停まった。

「そして最後に、あちらには」

桃子にうながされ、圭吾は窓の外へと目をやった。

土手の上にクラスメートたちが立っていた。

『函館で待ってるよ！　圭吾なら大丈夫！　がんばれ！』

そんなメッセージが書かれた大きなボードをみんなでかかげ、こっちに向かって手を振っている。

そのなかにはもちろん優里の姿もある。

驚き、固まっている圭吾の背中をポンと叩き、「五分だけだよ」と志子田はバスの窓を開けた。

次の瞬間、友達の声が聞こえてきた。

「圭吾、久しぶり！」「圭吾、待ってるよ～」「会えてうれしい！」「圭吾がいないとダメなんだ」「圭吾くん、笑って」「算数、今度教えてやるからなぁ」「早く遊ぼうな！」

「雪合戦、またやろうぜ！」「サッカー観に行こうよ」「寂しくて困ってないか」

優里だけは何も言わず、圭吾に向かって微笑んでいる。

「いつも一緒だかんな！」「早く戻ってこいよ～」「約束だぞ！」

目に小さな涙の粒を浮かべ、圭吾が言った。

「……おう！」

それに応えるように、「圭吾！」と優里が叫んだ。

「絶対だからね！　絶対元気になってね！　東京タワー一緒に登ろう！」

「おう！」

子どもたちの声を聞きながら、一同は温かな気持ちに包まれていく。

そのとき、矢野のスマホのアラームが鳴った。

志子田が桃子に合図し、窓を閉める。しばらくしてバスは発車した。

「圭吾！」

優里の声がかすかに聞こえ、圭吾は窓の外を見た。優里がバスを追いかけ、土手の上を走っている。

気づいた桃子が運転手にスピードを落とさせる。

圭吾は窓を開け、身を乗り出した。圭吾に向かって優里が叫ぶ。

「中学生になったら、一緒に部活入ろう！」

「……」

「高校生になったら、一緒にバイトしよう！」

「……」

「大学生になったら、一緒に東京に旅行に行こう！　約束だよ！」

走る優里の姿に、圭吾のなかで思いが弾ける。声をかぎりに、思いを叫んだ。

「優里、大好き！」

「私も！　大好き！」

圭吾は優里に向かって大きく手を振る。

優里も手を振り返す。

土手が切れ、優里が足を止めた。

小さくなっていく優里に向かって、圭吾は手を振りつづける。

そんなふたりの姿に、志子田は歯を食いしばり、懸命に涙をこらえた。

※

ＰＩＣＵに戻り、あらためて圭吾の具合を確認したが問題はなかった。内心で安堵の息をつき、志子田はベッドサイドに飾られたキーホルダーを指さした。

「あれ、いいじゃん」

「うん。願いが叶うらしい」

「いいね」

「……俺、去年約束したんだ」

「優里ちゃんと？」

「うん。早く元気になって、修学旅行に行って、一緒に東京タワー登るって」

「そうか」

「あれは、札幌のテレビ塔だったけど」

「バレたか」

「バレるだろ」

「そうだね」

笑い合ったあと、圭吾は言った。

「やっぱり俺、心臓移植したい」

「……うん」

「心臓をくれる子の分も長く生きたいと思う。ゲーセンも行くし、釣りもするし、大きくなったら優里と同じ大学行って、結婚するわ」

「うん」

「だから俺、先生みたいな大人になりたい」

「え？　俺？」

「うん。カッコいいじゃん」

志子田は微笑み、「わかってんじゃん」と圭吾を小突く。

室内に響く笑い声を、隣のベッドで日菜がうれしそうに聞いている。

医局に戻り、レンタルした医療器具を片づけていると綿貫が手伝いはじめた。

「ありがとうございます。ひとりで大丈夫ですよ」

「これくらいさせて」

返却用のバッグに器具を詰めながら、綿貫はつぶやく。

「この発想、私にはなかった」

「褒めてます？」

「うん」と素直にうなずかれ、志子田は戸惑う。

「志子田先生、気づいてたんだね。私の手のこと」

「あ、はい」

「自分ができないことがあっても、補ってもらえるのって、すごくいいね」

綿貫は志子田を振り向き、ニコッと笑った。

「お疲れ」

「……お疲れさまです」

綿貫と入れ違うように植野が科長室から出てきた。

「お疲れさまです」

「しこちゃん先生、ありがとう」

そう言って、植野は志子田に頭を下げる。

「？」

「しこちゃん先生が持っている真っすぐな気持ちが、人の心を動かすって気づかせてくれました」

「え……あ、そうですか？　え、どうしよう」

植野にまで褒められ、志子田は動揺してしまう。

「圭吾くんが生きたいと思う意志が、きっといい影響を与えてくれるはずです」

「はい」

涌井観光の裏口で桃子が後片づけをしていると志子田がやってきた。

「ありがとな。これ、差し入れ。みんなで」と大きな紙袋を差し出してくる。

「え……こんなにたくさん、ありがとうね」

「いや、マジで助かったわ」

志子田は干してあるタオルを取り込みながら、言った。

「母ちゃん、なに考えてんだよな……」

「……」

今朝の出来事を思い出し、桃子は言葉に詰まる。

ロッカーで着替えをしているとふいに南が腰を押さえ、その場に崩れたのだ。

「南ちゃん！」

慌てて駆け寄ると、苦痛に顔をゆがめながら南は言った。

「大丈夫、大丈夫。さっき薬、飲んだから」

しかし、その表情はとても大丈夫には見えなかった。

「救急車呼ぶね」

スマホを取り出したその手を、ものすごい力でつかまれた。

「やめて！」

「ひどい病気なんでしょ」

「武四郎には言わないで」

必死の形相で、南は懇願してくる。

「ねえ、お願いだから……お願いだから」

「……」

南ちゃん、ごめん。

もう黙っているなんて、できない……。

「……たけちゃん、あのさ」

「どうした？」

桃子の目から涙があふれだす。

志子田は慌ててポケットからしわくちゃになったハンカチを出した。埃を払い、桃子に差し出す。

「違うの。ごめん。最近涙もろくて。妊娠してから、なんかなー」

ハンカチを受けとり、「ごめん」と桃子はつぶやく。

「……泣くな、泣くな」

涙を拭く桃子に、志子田は言った。

「ありがとな、桃子」

「ただいま」

志子田が台所に買い物袋を置くと、「お帰り」と居間から南の声が返ってきた。

「今日ごめんね。代わってもらっちゃって、桃ちゃんに。うまくいった?」

「桃子のほうが若くて可愛いから、結果よかったわ」

食材を冷蔵庫に入れながら、志子田が返す。

「それはよかったです」

「鮭が安かったから、今日シチューな」

「あ」

「鶏がいいとか言うなよ」

「ごめん。食べちゃった」

「え?」

「お客さんからお弁当もらって。シチュー、明日のお昼にする」

「なんだよ」

「ご飯炊いといたのに、ホワイトシチューか」

志子田はゴミを捨てようとゴミ箱を開けた。なかはきれいに空っぽだった。弁当の殻などどこにもない。

「母ちゃん」

「ん？」

「最近、全然メシ食ってないよな」

「……食べてるよ。今日のお昼、コロッケもらっちゃって、まだ胃に残ってんのよね」

「顔色も悪いし」

志子田は居間に入り、南の前に座る。

「……お母さんだって若くないし、ピチピチってわけにはいかないよ」

「今日なんで来なかったの」

「言ったでしょ」

「母ちゃんから聞いてないよ」

「……」

「……ねえ、母ちゃん」

「……」

# 7

「母ちゃん！」

無視を決め込む南に志子田は声を荒げた。

「怖い顔しないでよ」

「母ちゃんがちゃんと話さないからだろ」

「……軽いすい炎？　なんだって。みんなに説明するの面倒くさいから話さなかっただけ」

「……本当？」

「本当だよ」

「うちの病院で診てもらおう」

「いいよ。この間も採血して、数値下がってるって言われた。よくなってるんだって。薬飲めば大丈夫だって言われたよ」

母の目をじっと見つめ、志子田が訊ねる。

「嘘じゃないね」

「嘘じゃないよ」と南は真っすぐ見返してくる。

「薬、なに出された？」

「あ……会社に忘れた」

「なんだよ。持って帰ったら、ちゃんと見せてよ」

「はいはい。うるさいな……なんかお医者さんみたいだね」

「知りませんでした？　あなたの息子さんね、お医者さんなんですよ」

「ほ〜」

うれしそうな笑みを収め、南は言った。

「治らなかったら、ちゃんと武四郎の病院行きます」

「うん」

うなずき、志子田は安堵の息をつく。

「風呂入ってくる」

志子田は立ち上がり、居間を出た。

息子の気配がなくなり、南の顔から表情が消えていく。


「ごめん、ごめん」

廊下を駆けてくるスーツ姿の今成を植野が笑顔で出迎える。

「今成先生」

「久しぶりの発表だからさ、ちょっと気合い入っちゃって」

研修室の壁に貼られた『北海道全域におけるＰＩＣＵの存在意義（講師・麻酔科　今成良平）』の紙を、「今成……俺だ」と今成はうれしそうに叩く。

「すみません……実はですね、人があんまり集まってなくて」

申し訳なさそうに告げる植野に、「大丈夫よ、ひとりでもいれば」と笑ってみせる。

「……」

「え？　ひとり？」


さすがにひとりではなかったが、五十人は見込んだ席の半分も埋まっていなかった。

とはいえ、今成の話自体は素晴らしいもので、出席者にはこちらの思いは十分に伝わっただろう。植野は手応えを感じながら、講演を終えた今成に歩み寄る。

「今成先生、素晴らしい発表でした」

「俺ね、意外とできちゃうのよ」

埋まらなかった席を残念そうに見やり、植野はつぶやく。

「札幌共立大の渡辺《わたなべ》先生が来ないとなると、欠席される方がこんなにもいるんですね」

植野がPICUに戻ると、ベッドテーブルに算数のドリルを広げ、圭吾が勉強をしていた。隣で真美子がそれを見てあげている。

「先生、これってどういうこと」

モニターをチェックしていた志子田がドリルを覗き込む。

「これはね……」と志子田はしばし考える。

「わかんないの？」

「ちょっと待って。今、思い出してる」

そんなふたりの様子に植野の顔に思わず笑みが浮かぶ。

「俺、先生みたいなお医者さんになりたい」

「うれしいこと言ってくれるじゃん」

「今から頑張れば、なれるかな？」

「なれるよ。先生だってなれたもん」

「じゃあ、なれるか」

「おい」

志子田にツッコまれ、圭吾は笑う。しかし、すぐに息切れしてしまう。すかさず志子田が、「無理しないで」とその背中をさする。

「お」

「あ、わかった」

隣のベッドの和やかな雰囲気に、日菜もうれしそうに微笑んでいる。

「日菜ちゃんには運動リハビリを行なってもらうため、そろそろ一般病棟に移ってもらおうかなと思っています」

ミーティングルームに集まった一同に、志子田が報告を行なっている。

「二度と再発を起こしてほしくないですね」

綿貫にうなずき、東上が言った。

「問題は、圭吾くんのほうですね」

「心臓はドナーの命に関わるもんだからな」と今成がむずかしい顔で続ける。

「今、移植待機希望の手続きを始めています。ですが、移植を受けるには時間がかかる。早く補助人工心臓を植え込む手術をするべきかと。圭吾くん、非常に前向きに治療を頑張ってくれています。みなさん、サポートをお願いします」

頭を下げる志子田に、一同は声をそろえた。

「はい」


カンファレンスを終え、ＰＩＣＵに戻った志子田が圭吾から採血している。

「ちょっとチクッとするよ」

「しこちゃん下手だもんね」

生意気な口をきく圭吾に、志子田が意地悪っぽく言った。

「優里ちゃんの手紙、渡さなくてもいいんだけど」

「早くやって！」

「はい。じゃあ、親指をギューーッと握って」

両の親指を拳のなかに握り、圭吾はギュッと目をつぶった。志子田はすばやく血管に針を刺し、採血を終える。

「はい、おしまい」

ホッとする圭吾に、志子田は優里から届いた手紙を渡した。待ちきれないとばかりに封を開け、圭吾が手紙を読みはじめる。

うれしそうに文字を追っていく圭吾の表情を見て、志子田もうれしくなってくる。

その日、浮田が心臓外科医を連れて、ＰＩＣＵを訪れた。植野と志子田をミーティングルームに呼び、圭吾の補助人工心臓の植え込みに関しての小児外科としての見解を話しはじめる。

「心臓外科といろいろ検討してみたんだけどね。腎機能がかなり低下している」

心臓外科医曰く、もう少し腎機能が安定しないと補助人工心臓の植え込み手術はできないというのだ。

「そんな……」と志子田は絶句した。

「圭吾くんの病状は徐々に悪化しています。時間がないんです」

植野の言葉に、「わかりますよ」と浮田が返す。「でも何かあったらひとたまりもない。それが心臓なんだよね」

思わずうつむく志子田を植野が心配そうにうかがう。

話し合いを終え、植野が科長室に戻ると知事の鮫島立希《さめじまたつき》から電話が入った。

「はい、どうされました？」

「直接お話しすべきだと思ったのですが、早いほうがいいかと思いまして」

そう前置きし、鮫島は切り出した。「ドクタージェットを丘珠空港に常駐させる件ですが、今年度では白紙になりました。道としては、病院同士の連携がとれていないなか、国に打診するわけにはいかないという結論です」

「……」

「植野先生、すみません」

「こちらこそ……力が及ばず、すみません」

「それで、植野先生……」

「はい……？」

※

コンビニの大盛パスタを平らげた河本が隣の綿貫を見て、言った。

「綿貫先生、それ手作りのお弁当ですか？」

どれどれと植野が寄ってきたから、綿貫は背中を向ける。

「どうして隠すの？」

「見せ物ではないので」

「絶対見ないから、ちょっとだけ」と今度は今成が手で顔を隠しながら身を乗り出してくる。綿貫はあきれ、弁当を持って席を立った。しかし、ちょうど医局に入ってきた志子田に前をふさがれた。

志子田は綿貫が手にした弁当を見て、思わず声をあげた。

「わあ、可愛い！」

「自分で食べるために凝って、悪い？」

ギロリとにらまれ、志子田は解せない。

「褒めたのになんで怒るんですか……？」

恥ずかしさに目を泳がせながら、綿貫はデスクに戻った。

医局を出ていく河本と入れ違うように羽生が入ってきた。

「志子田先生、検査結果出てますよ」と志子田に資料を渡す。

「ありがとうございます」

「昨日、血液検査したばっかりじゃないですか」

「ちょっとした変化も見逃したくないので」

「それはいいですけど、BNPを検査するときは事前に相談してくださいって、いっつも言ってますよね。回数制限あるんですから！」

「すいません」

志子田が肩をすくめたとき、温めたコンビニ弁当を食べようとしていた東上の院内スマホが鳴った。

「はい……わかりました。すぐ行きます」

東上の応答を聞き、志子田が言った。

「僕も行きます」

「成人だから大丈夫」と東上は医局を飛び出していく。

その背中を見送り、今成が植野に言った。

「東上先生、うちのシフトも精力的に入ってくれてるけど、忙しすぎやしないか」

「そうなんですよね……」と植野もむずかしい顔になる。

検査結果からパソコンへと視線を移した志子田は、モニターしていた心電図のわずかな波形の変化に気づいた。

「ＰＶＣ《心室期外収縮》だ……行ってきます」

今度は志子田が医局を飛び出していく。

「あいつ、走ってるなあ」

「今成先生もそう思いますか」

「器用なタイプじゃないから心配だよ」とカップ麺をすすりながら、今成が返す。

植野はうなずき、出前のレバニラ炒めを口に運んだ。


忙しそうにフロアを行き来する東上を険しい表情で見つめていると、「植野先生」と志子田が声をかけてきた。

「心臓移植の権威である栗原《くりはら》先生に急遽お時間をいただけることになりましたので、実際に補助人工心臓の植え込みができるかどうか直に聞いてみたいと思います」

「わかりました」

「行ってきます」

志子田を見送ると、植野は少し思案し、スマホを取り出した。


「すいません。急に呼び出して」

ベンチに座っていた矢野が、植野の姿を見て立ち上がった。

「いえ」

中庭を並んで歩きながら、「本当にご心配おかけしました」と矢野はあらためて植野に頭を下げる。

「何もかけてませんから」と植野は矢野の背中をポンと叩く。「頭上げてください」

「……実は僕からも植野先生にご連絡しようと思っていたところだったんです」

「……」

「逃げてきたヤツが、虫がよすぎるって思われるかもしれませんが……俺、医者に戻りたいんです」

植野は足を止め、矢野を見つめる。

「武四郎と、圭吾くんと一緒にいて、あいつみたいになりたいっていうか……一度ダメだったヤツが働ける病院なんてないのかもしれませんが」

植野はしみじみと言った。

「よかった……」

「え」

「僕もね、同じ話だったんです」

植野に向かって、矢野は深々と腰を折る。いつまでもそのままの姿勢の矢野に、植野は言った。

「あなたはダメじゃないですから。頭を上げて」

矢野はゆっくりと顔を上げる。

「心ない暴力で殴られた人が、殴られたことを謝ったらダメじゃない」

目を潤ませながら、矢野は笑顔でうなずいた。

「はい」


病院に戻った志子田は、すぐに科長室に植野を訪ねた。

「圭吾くんの件なんですけど」

「栗原先生は、なんと？」

「腎機能が悪いと言われました。詳しいことを検査しないとなんとも言えないと……」

「浮田先生もいろいろと調べてくださっています。一緒に考えていきましょう」

「ありがとうございます」

「さっき、矢野先生に会ってきました」

「そうですか」

「うちの病院で一緒に働いてくれることになりました」

「よかった」と志子田は顔をほころばせる。「そうなればいいなって思ってたんですけど……そっか、うん。では、失礼します」

志子田が出ていこうとすると、「志子田先生」と植野がデスクから立ち上がった。

「はい」

足を止めた志子田に歩み寄り、告げる。

「圭吾くんですが、いろいろなケースを考えて、適切なタイミングで親御さんに相談していかなければなりません。私たちはどこかで最悪の状況を想定して、そのときに備えておく必要がありますからね」

「……はい」


照明が半分落ち、薄暗くなったPICUで志子田が圭吾の寝顔を眺めている。不眠が続いているため河本が睡眠薬を処方し、おかげで今夜は穏やかに眠っている。

「しこちゃん先生」

日菜に呼ばれ、「ん?」と志子田は顔を向けた。

「これ」と日菜が手紙を差し出す。

「え?」と志子田はそれを受けとった。

「火曜日、小児科に移るでしょ。記念に」

「うれしいなぁ」

志子田は微笑み、封筒を開けた。なかには手紙だけではなく手作りのバッジが入っていた。うれしそうにそれを取り出す志子田に日菜が言った。

「そういうのは、あげた人がいないところで開けるんだよ。女心がわかってないな」

「すいません」と志子田はペコリ。

バッジを封筒にしまい、日菜に微笑む。

「じゃあ、あとで見させてもらうね。ありがとう」

※

「ヘッドハンティングじゃないですか。困りますよ」

朝いちで科長室に呼ばれたと思ったら、寝耳に水の話を打ち明けられ、羽生は抗議の声をあげた。

「今まで、ときどきあった話なんだけどね。臨床を卒業すべきじゃないかって。今のままじゃドクタージェットの運営はむずかしい。それなら元医師として、行政の立場から何か働きかけないかって知事に誘われたよ」

「はぁ」と大きなため息をつく羽生に、植野は慌てて言った。

「いや、実務はね、大丈夫だと思う。ここもあと少しで軌道に乗ります。綿貫先生やしこちゃん先生が頑張ってくれてますから」

「それって、この先どうするか悩んでるってことですか」

黙ってしまった植野を羽生が恨めしげに見つめる。

たしかに綿貫も志子田も頑張ってはいるが、それも植野という大黒柱があってこそだ。ようやく走り出したばかりの北海道のＰＩＣＵが植野抜きでやっていけるとは、羽生には到底思えなかった。

そのとき、植野のポケットで院内スマホが鳴った。

「はい」

植野の顔つきが変わり、科長室を飛び出した。すぐに羽生もあとを追う。

スマホを耳に当てた植野と羽生がミーティングルームに入る。ふたりの緊迫した様子に志子田、綿貫、今成が様子をうかがう。

「はい……はい。須藤七海《すどうななみ》、五歳、女子、血液型はA型……」

植野の復唱を羽生がメモし、志子田はホワイトボードに患児情報を書いていく。

「急性腹症《きゅうせいふくしょう》」

その病名に志子田は敏感に反応した。初めてこのＰＩＣＵに受け入れ、助けることができなかった少女が同じ病状だった。

植野はスタッフ一同を見回し、言った。

「……受け入れましょう」

「はい」と皆が声をそろえる。


救急救命科に運ばれてきた七海を初療台に移し、急遽呼ばれた浮田が腹部をエコーで調べる。

「CT撮ろう。何かあったらオペだ」

「オペ室一つ空いてます」と河本がすぐに反応する。

「検査オーダーできました」

綿貫の声に、「血液検査してきます」と志子田が駆け出していく。

「CT室に向かいましょう」

植野、綿貫、東上、羽生が初療台を押しながら、廊下を進む。

「七海ちゃん、頑張って」

そこに検査結果を手にした志子田が戻ってきた。

「植野先生、ちょっと待ってください!」

皆に追いつき、志子田は言った。

「血糖六〇〇でした！　ＤＫＡです」

「糖尿病性ケトアシドーシス……」と東上がつぶやく。

インスリン不足が原因で起こる糖尿病の急性合併症で、悪化すると呼吸困難や嘔吐、腹痛、意識障害を引き起こす。

植野はすぐに判断を変えた。

「ＰＩＣＵに直行しましょう」

運び込まれてきた新たな患児を圭吾と日菜が心配そうに見つめるなか、皆は声を合わせて七海をベッドへと移す。

モニターを付け替えた途端、アラームが鳴った。

「頻脈だ」

「ショックになりかけてる」

今成と綿貫の声に、すぐに志子田が反応する。

「生食一〇〇ミリリットル、ポンピングします」

「Ａラインとろう。インスリンの持続静注を開始するぞ」

植野の指示に従い、皆が迅速に処置を行なっていく。

七海の処置を終え、皆はミーティングルームに集まった。

「浮田先生、すみませんでした」

植野がご足労を詫びると浮田は志子田へと顔を向けた。

「ちゃんと診断がついて本当によかった」

「……はい」

「見逃しがちの血糖だから、助かった」と綿貫も志子田に礼を言う。

「いや」

「DKA、つまり糖尿病性ケトアシドーシスが子どもの腹痛嘔吐の原因になることもあります。先生が指摘してくれたから気づけました。よく勉強しましたね」

植野に続き、「よくやった、しこちゃん！」と今成も大きな声で褒める。

恐縮しつつ、志子田は頭を下げた。

「ありがとうございます」

「あ、この件さ、植野先生に直接相談が来たんだろ？　うちのことがちょっと浸透してきたんじゃねぇか、おい」

テンションが上がる今成に、「うれしいですね」と羽生も微笑む。

「じゃあ、この子の担当は河本先生、お願いできますか。DKAの管理の勉強になると思います」

まさかの指名に河本は驚く。

「わかりました」

うれしそうな河本を見て、志子田は微笑んだ。


カンファレンスを終えた一同が七海のベッドの周りを囲んでいる。その寝顔を見ながら綿貫が言った。

「治療の内容とか話してあげたいけど、ご両親は？」

「仕事が忙しくて来られないそうです」と植野が答える。

「七海ちゃんを安心させるためにも、早く来てほしいんですけどね」

河本の声にはわずかな怒りが含まれている。

「救急車を呼んだの、隣に住んでるおばあちゃんだったらしいです。のどが渇いて、水をもらいにきたって」

東上の話を聞き、志子田のなかに嫌な予感が芽生えはじめる。

照明が落とされたＰＩＣＵのなか、静かに眠る七海を見つめていると、「しこちゃん先生」と圭吾が声をかけてきた。

「どうした？」

「女の子、死んじゃうの？」

「そんなことないよ。大丈夫」

「よかった」

「だから、安心してぐっすり眠りな」

「うん」

目をつむる圭吾を見守るように、志子田はその枕もとに座った。

※

一般病棟に移る日菜を志子田が見送っている。ＰＩＣＵを出たところで、志子田は日菜に手紙を渡した。

「お返事だ」とさっそく開けようとする日菜に、志子田が言った。

「お手紙はあげた人がいないところで開けないと。男心がわかってないな」

「そうだった」と封筒を閉じ、「じゃあね、バイバイ」と日菜は手を振る。

「バイバイ」と見送ったとき、PICUのほうから七海の泣き声が聞こえてきた。

駆けつけると浮田が困惑の表情を浮かべている。

「どうしたの？」と綿貫が羽生に訊ねる。

「さあ……」

そのとき、圭吾が志子田を呼んだ。

「しこちゃん先生」

「うん？」

「カーテン閉めてあげたほうがいいかも。僕たちは慣れてるけど、機械とかそういうの怖いんだと思うから」

「わかった」

浮田がすぐに七海のベッド周りのカーテンを閉める。やがて、七海は泣きやんだ。

ミーティングルームに看護スタッフが集まり、羽生が七海に関する申し送りをしている。担当の河本に加え、志子田と綿貫の姿もある。

先ほどの件を一同に伝えたあと、羽生が志子田に言った。

「優しい子だね、圭吾くん」

「ですが、僕たちが気づくべきだったなって」

「そうだね。お互い気をつけよう」

「七海ちゃんのご両親、まだ来ないんですか？」と綿貫が訊ねる。

羽生がうなずき、困り顔になる。

「親御さんが来てくれないと、今後の治療の話もできないですし……七海ちゃんにも話せないから、不安が続いちゃうんですよね……」

「もう一回、植野先生から連絡してもらいます」と河本が言った。

「わかりました」

そこに東上が現れた。

「みなさん、すみません。うちの新しいスタッフを紹介します」

隣には救命のスクラブを着た矢野が立っている。

「矢野悠太です。みなさん、よろしくお願いします。こちらとも兼務していこうと思ってます。よろしくお願いします！」

勢いよく頭を下げる矢野に、皆が拍手。河本はうれしそうに強く手を叩いている。

顔を上げ、志子田と目が合うと、矢野は照れたように微笑んだ。

植野が何度電話をしても七海の両親にはつながらなかった。こうなったら七海に直接話を聞くしかない。

担当の河本を連れ、植野は七海のベッドへと向かった。

「七海ちゃん、お腹が痛くなったのはいつからかな」と優しく訊ねる。

「……」

「ずっと前からかな」

七海は小さくうなずいた。

「そっか。それ、お母さんとお父さんに言った?」

七海はうなずく。

「なんて言ってた?」

「……うるさいって」

河本はハッとし、植野はせつなげに七海を見つめた。


すぐにPICUスタッフはミーティングルームに招集された。浮田と矢野の姿もある。配られた資料に目を通しながら、綿貫が言った。

「来院時にはDKAがすごく悪化していました。七海ちゃん本人に自覚症状もあったはずです」

「親がちゃんと子どもの面倒をみていれば、気づいただろうな」

今成にうなずき、志子田がつぶやく。

「医療ネグレクト……」

「虐待……となると親が面会に来ない不自然さも理解できます」と綿貫が冷静に言う。

「植野先生、今後の対応はどうしましょうか」

羽生に問われ、植野は言った。

「今後、もし親が面会を希望しても謝絶しましょう。児童相談所とソーシャルワーカーとともに、七海ちゃんを保護する方向で進めます」

「それがいいと思います」と河本が強く同意する。

「虐待を想定して取り組まなければ、家に帰してしまって今度ここに運ばれてきたときに、最悪のケースになってしまうかもしれませんから」

「わかりました」と羽生がうなずく。

植野が解散を告げ、皆が席を立つ。

志子田も怒りを鎮めながら立ち上がった。

圭吾に聴診する志子田を遠巻きに見つめながら、植野が羽生に訊ねた。

「志子田くん、いつから帰ってない？」

「たぶん、日曜から」

あまりにも入れ込みすぎている志子田に植野は強い危機感を覚える。

小児医療、特にＰＩＣＵに携わる若い医師には多い現象だ。患児への思い入れが強すぎて、自分を顧みずに尽くしてしまう。

その結果、身も心もすり減らし、現場を離れざるを得なくなるのだ。


丘珠病院に検診に訪れた桃子が待合のベンチで矢野と河本と話している。ずっと心にのしかかっていた南の病気のことをふたりに打ち明ける。

「武四郎は知ってるの？」

河本に問われ、桃子は小さく首を振った。

「南ちゃんに武四郎には言わないでって。私、どうしたらいいかわかんなくて」

「俺は、おばちゃんが早く武四郎に話すべきだと思う」

矢野の意見に河本が異を唱えた。

「少し待ってあげない？　病気のことを家族に話すのは、心の準備に時間がかかると思う。それに今、武四郎が担当してる圭吾くん、大変なときだから」

「わかった」と桃子はうなずいた。


翌日、七海の処遇が決まったと植野が志子田に報告した。

「退院したら施設に預けられることになりそうです」

「親は何か処罰とかされないんですかね」

「医療ネグレクトは殴ったり蹴ったりするわかりやすい暴力じゃないですからね」

話しながら植野は志子田をミーティングルームへと誘う。

と、なかにいた綿貫の院内スマホが鳴った。

「はい。ERですね。すぐ行きます」

出ていく綿貫のあとを、「僕も行きます」と志子田が追おうとする。その手を植野がつかんだ。

「志子田くん」

「!?」

「ERは綿貫先生が行ってくれましたから、もう大丈夫です」

植野は志子田のIDを外し、ポケットにねじ込んだ。

「今日はもう帰ってください」

「え、でも、今日はまだやることが」

「何があるんですか」

「圭吾くんの経過観察とあと肝機能と腎機能――」

「今日は僕が夜勤ですから」と植野がさえぎる。「僕がやっておきますよ」

「いや、でも」

「僕じゃそんなに不安ですか？　ちゃんと見てないと思ってるんですか」

「いや、そんなことは」

「じゃあ帰ってください」

強い口調で告げたあと、植野は表情をやわらげた。「言ったでしょう。ここはチーム医療なんです。休むのも立派な仕事なんですから」

「……すいません」


救急救命科のナースステーションで矢野がカルテを打っている。そこに外から戻ってきた綿貫が通りがかった。パソコンに向かう矢野の前に立ち、声をかける。

「さっきの子、今晩入院したら明日には帰れそうだね」

「ありがとうございました」

「ていうか、超音波エコーうまかったね」

「前の病院でよくやってたんで」

「そう」

綿貫は手にしたコンビニ袋から大福を取り出し、「これ」とパソコンの横に置いた。

「コンビニで一つ買ったら、もう一個ついてくるんだ」

「ありがとうございます」

去っていく綿貫に、「あの」と矢野は声をかけた。綿貫は足を止め、振り向く。矢野は綿貫のもとへ歩み寄り、言った。

「俺、いろいろとあったの先生もご存じだと思うので、この先生大丈夫かって思うかもしれないんですけど……」

「私も……手がね、ときどきダメなんだ。震えちゃうっていうか。だから、そのときになったらちゃんと言うから、助けてね」

綿貫の気づかいに自然に表情がゆるんでいく。

「はい……」

※

「ただいま」

つぶやくように言って家に入ると、志子田は台所へと向かった。手を洗い、振り返ったとき、テーブルの上に水の入ったコップが残されていることに気がついた。横にはポーチが置いてあり、薬袋がはみ出している。

薬袋を取り出し、印字された薬品名に目を留めた。

『モルヒネ塩酸塩錠（鎮痛剤）』

疑ってはいたが認めたくなかったものを突きつけられ、志子田はショックで動けなくなる。呪縛を解くかのように洗面所の扉が開き、南が出てきた。

「なに、帰ってきてるなら言ってよ」

志子田はじっと母を見つめる。

息子が薬を手にしているのに気づき、南は慌てて奪おうとする。その手をかわし、志子田は言った。

「座って」

「何よ」

「いいから、座って」

南はしぶしぶテーブルに座った。志子田はその正面に座り、テーブルに薬を置く。

「これ何」

「……勝手に。言ったでしょ。すい炎の」

「これ、モルヒネだぞ。すい炎には使わない」

「知らないよ」

「処方した病院教えて。電話する」

「いいから」と薬をとり、南は立ち上がった。

「母ちゃん！」

息子の強い視線に、南は観念した。大きく一つ息をつき、座り直す。

「……八月くらいかな、たまに腰が痛くて。いよいよ痛いなーって思って、先月病院に行った。そしたら……癌かもしれないって言われて」

「うん」

「札幌共立大紹介されて、一度行ったけど……そこでまあ検査結果出て」

「紙でもらったりした？」

「ある。ちょっと待って」

南は席を立ち、奥の自室へと取りにいく。志子田もテーブルを離れ、居間へと移動した。食卓に座る志子田に、南が一枚の紙を渡す。

記された検査結果を読み、レントゲン写真を確かめ、最後に『ステージⅣ』という文字をじっと見つめる。

しばし黙り込み、志子田は言った。

「……わかった」

「ごめん、武四郎」

「何がごめんなの」

「病気になっちゃって」

「……そこじゃないだろ」と志子田は南を真っすぐ見つめる。

「……」

「なんで早く言わなかったんだよ。すい炎なんて嘘ついてさ。そこだろ。病気になったのはしょうがないよ。悪くない」

「ごめん」

「……体調は?」

「……身体を動かしたりすると、痛いかな。あと、お腹がずっと張ってて、あんまり食べられない。とにかく、痛いかな」

「……あのさ、うちの病院に癌に強い先生いるから、その先生にすぐ相談してみるからさ、一回うちの病院に来てよ。俺もなんでもするから」

「武四郎」

「仕事とか趣味とかはちょっとお預けになっちゃうけど、でもさ、一緒に頑張ろう」

「武四郎」

「武四郎！」

「お金のことなら心配すんな」

「なに」

「お母さん、行かないからね」

「何が」

「治療しないから」

「……は？」

母が何を言っているのか志子田は理解できない。

「なんで」

「お母さん、そう決めたの」

「……」

「先生に言われた。もうずいぶん悪いから。もういいの」

「もういいの、じゃないよ。そうじゃない。なに言ってんの」

「お母さん、決めたから」

頑なな南の態度に、動揺しまいと抑えつけていた心が激しく揺れはじめる。

「……ちょっと、待って。話し合おう」

「今度にしよう。ひどい顔」と南は志子田の顔を指さす。「寝ないと」

「そりゃなるよ、ひどい顔にも」

「……」

「病院行こう」

「行かない」

「俺もいるから」

「ううん」

「なんで行かないの」

「……もう決めたの。お母さん、決めたら変えないから」

「わかってるよ。わかってるけど、なんなの……もう」

言いようのない感情が心のなかで暴れだし、志子田は頭を抱えた。

「ねえ」

ゆっくりと顔を上げた志子田に、南は言った。

「ご飯食べたの？」

「ご飯とか、今どうでもいいから。母ちゃんの身体だろ」

「食べたの？」

「しつけえな。食ってねーよ」

「ダメじゃん」

「いいんだよ」

「よくないよ。ちょっと待ってて。なんか作るから」

南はつらそうに立ち上がると、腰を揉みながら台所に向かう。

「うどんでいいか」

「……手伝うよ」

母と息子が台所に並んで立ち、うどんを作っていく。

カマボコと小ねぎだけが入ったシンプルなうどんに志子田が七味を散らしていく。

「七味は」

「お母さん、柚子胡椒《ゆずこしょう》がいい」

「なんだよ」

立ち上がり、冷蔵庫に向かう志子田に南が言った。

「いいね。病気になると息子が優しい」

「ふざけんな」

「コワ～い」

柚子胡椒を渡して席に戻り、志子田はあらためて口を開いた。

「ねえ、母ちゃん。とりあえず病院行こう」

「……」

「うちの病院ですぐ予約とるからさ」

「……いいの」

「よくねえよ」

「いいのよ。これ、お母さん、話し合う気ないから」

絶句する志子田に、南は柚子胡椒の瓶を突き出す。

「スプーン」

「ふざけんな」

「コワ〜い」

志子田は立ち上がり、洗い物のなかからスプーンをとる。

「ん」とぶっきらぼうに南に渡した。

「ありがとう」


風呂につかりながら、志子田はある夜の出来事を思い出していた。医師国家試験に合格し、そのお祝いに母をレストランに連れ出したのだ。

志子田が二本目のワインを頼むと南は心配そうにささやいた。

「お金、足りないんじゃないの？　大丈夫？」

「俺を誰だと思ってんだよ。お医者様ですよ」

「来月からね」

「医者だろ。医師免許持ってんだから」

「研修医が偉そうに。親の顔が見てみたいね」

「十年後には大金持ちだからな。札幌駅のとこのさ、あの新しいマンションの最上階とか買っちゃう?」

「だったらさ、ハワイに別荘買ってよ」

「マンションも別荘も両方買っちゃいましょう!」

「全然稼げてなかったら、二十年後に怖~いオババになってずっと恨みごと言うからね」

志子田は南のグラスにワインを注ぎながら、言った。

「安心して長生きしてくださいませ」

「はいはい」と南が微笑む。

母ちゃん……まだ二年しか経ってないだろ……。

涙がどんどん込みあげてきて、志子田はバシャバシャと湯で顔を濡らす。

何度も何度も……。

※

翌日、出勤した志子田はすぐに圭吾のベッドへと向かった。鼻にチューブを取りつけられた圭吾を見て、ぼう然とつぶやく。

「……ネーザルハイフローになったんだ」

医局に戻ると浮田が顔を出した。

「綿貫先生、志子田先生、ちょっといいかな」

ミーティングルームに場所を移し、浮田はふたりに圭吾の病状に関する最新の資料を渡した。

「恐れていたことが起きましたよ。発熱があるからまさかと思ってたんだけど」

「感染症……」と綿貫は言葉を失う。

「感染症が治るまで補助人工心臓の植え込み手術はできないですよね。それどころか、移植できない……」

資料から顔を上げ、志子田は言った。

「治るまで、圭吾くん……持ちますかね」

浮田はむずかしい顔のまま、口を開こうとはしなかった。

「……」

原因不明の発熱からの不整脈の頻発、腎機能悪化に伴う尿量低下。肺水腫となり、ネーザルハイフローを装着――と、ここ一週間の圭吾の病状の経過を志子田がパソコンに打ち込んでいる。

『発熱はカテーテル感染からの菌血症と考え、すみやかにカテーテル類の入れ替えと広域スペクトラムの抗菌薬で治療を開始した。感染症が完治しなかった場合の予後は』

そこまで打ったところで、志子田の指が止まる。

キーボードから離れた手が顔を覆い、その手が頭を抱える。

「しこちゃん」

自分を呼ぶ声にも志子田は気づかない。

「しこちゃん先生」

ハッと顔を上げると目の前に植野が立っていた。志子田は慌てて立ち上がる。

「今日は帰りなさい」

「いや、昨日もお休みいただいたので」

「昨日の朝より顔色が悪いです。僕も夜勤明けだから、一緒に帰りましょう」

「……」

「圭吾くんのこと、思いつめないで——」

「先生」と志子田は植野をさえぎった。「違うんです。あの、僕、頭ぐっちゃぐちゃで」

「……」

志子田は植野に母のことを打ち明けた。

「すいません。ちょっと狭いとこなんですけど」

南に続き、ケーキの箱を手にした植野が志子田家の居間に入っていく。

「じゃーん」

食卓に置かれた寿司桶を見て、志子田が言った。

「寿司とったの？」

「だって、あんたの先生がいらっしゃるって言うから。もっと早くにわかってたら、ちゃんと用意したんですけど。すみません」

「いえいえ。こちらも急にお邪魔してしまって」

「先生、こちらへ」と志子田が植野を奥に誘う。

「あ、すみません。これ、お口に合ったらいいんですけど」と植野はケーキを掲げた。

「丘珠病院の横のケーキ屋さんで、結構イケるんですよ」と箱を開ける。

中身を覗き、志子田が言った。

「母ちゃんの嫌いなモンブランじゃん」

南が息子の頭をペシッと叩く。

「ホント失礼な息子ですみません。ご迷惑をかけてませんか？　かけてますよね。本当にすみません。じゃあ、いただきます」

「すみません。ほかのケーキをどうぞ」

ケーキの箱をはさんで頭を下げ合うふたりに、志子田が苦笑を浮かべている。


寿司を頬張り、植野は思わず破顔した。

「ああ、美味しい。美味しいね、しこちゃん」

「しこちゃん？」と南が怪訝な顔で志子田をうかがう。

「植野先生がそう呼ぶから、子どもたちもみんなこの名前で呼ぶんだよ」

「うちの主人も昔、そう呼ばれてました」

「え、そうなの」と志子田は驚く。

「私がパイオニアかと思いましたが、先を越されました。ハハ」

職場での志子田の様子をひとしきり話したあと、植野は箸を置き、身を正した。

「今日は、お話ししに参ったんです」

南は神妙に植野の視線を受け止める。

「志子田くんから聞きました。治療、されないんですよね。お節介だと思ったんですが、医者として居ても立ってもも居られなくて、来てしまいました」

「はい」

「母ちゃん」

思いを話そうとする志子田をさえぎり、植野が語りはじめる。

「治療というのは、その人その人によって最適な形があります。我々医者は『こうしてみたらどうですか？』と提案はできますが、最後に決めるのはご本人だと思います」

志子田がじっとうかがうなか、南は植野に深々と頭を下げた。

「息子がお世話になってる上にご心配までおかけして、本当に申し訳ございません」

「頭を上げてください」

「……」

「癌の治療に何か嫌な思い出があるのでしょうか？」

しばしの沈黙のあと、南は小さくうなずいた。

「はい」

「……そうですか」

「詳しくは話したくありませんが」

「わかりました。では、何か困ってることはありませんか？　痛みや苦しみを取り除くだけの治療もあります。そういったケアが得意な医者も、うちの病院にいます。そういった治療をしに、一度お越しいただけないでしょうか」

南はチラと志子田に目をやり、言った。

「……わかりました」


居酒屋に場所を移し、志子田と植野が飲んでいる。

「先生のおかげで母は病院に行くと言ってくれました。本当にありがとうございます」

頭を上げ、志子田は言った。

「あんなふうに話してあげればよかったんですね」

「いやいや、しこちゃんは話せないよ」

「え」

「ご家族は冷静な判断ができない。そんなご家族の代わりに、医者がいるんです」

「……先生、僕……初めて医者になったことを後悔しました。医者なのに、母親の病気に気づけないっていうのは……どれだけバカなんでしょう」

穏やかな口調が逆に、志子田の悔恨の強さを感じさせる。

「医者になれば母のこともいつでも診てあげられるとか、そういうことも考えてたんですよ、昔」

「すい癌はむずかしいですよ」

「母がもらった診断書を読みました。骨転移《こってんい》があるんです」

「……そうでしたか」

「知識だけ中途半端にあって、母の診断書を読んで思いました。これは最悪の場合を考えなければならないケースだと」

「……」

「医者でなければそんなことにも気づかず、前向きになれたかもしれません。母が、これからどれだけの痛みや苦しみを負うことになるのか。治療しないのであれば、どれだけの残された時間があるのだろうか……そういうことの予想がついてしまって」

ぬるくなったビールでのどを潤し、志子田はさらに続ける。

「圭吾くんのことも……」

そこで力尽きたように志子田の言葉が止まった。

植野は志子田のグラスにビールを注ぎ、口を開いた。

「僕たちがやれることは、あるところまでは人間の仕事なんだけど……あるところから先は神様の領域で、どんなに頑張ってもたどり着けない」

「……」

「家族のことが一番悲しい。それは全く恥ずかしいことでも、申し訳ないと思うことでもないよ」

「……」

「泣いてもいいんだよ」

植野に優しく言われ、志子田は笑みをこぼした。

「泣かないです。家訓なんで」

「うん」

ふたりは黙って、ビールのグラスをかたむける。

苦い味が口のなかに広がっていく。

※

看護師が押す車イスに乗った七海がＰＩＣＵを出ていく。植野と河本がそれを見送る。

「一般病棟に行っても会いにいくからね」

河本が言い、「うん」と七海がうなずく。

「先生、ありがとう」

植野がしゃがみ、幸あれと祈りながら七海の頭を撫でる。

科長室に戻ると、植野は鮫島に電話をかけた。

「せっかくのお声がけでしたが、私は臨床をやり続けます。現場で人と接するのが好きなんです」

「そうですか……残念です」

「私は現場から、ドクタージェットの理想を掲げていこうと思います。北海道の理想の医療のために」

鮫島は電話を切ると客を待たせていた応接セットへと戻る。

ソファに座っているのは札幌共立大の渡辺だった。

植野がスマホをしまい、東京の病院を辞するときにもらった患児やスタッフからの寄せ書きを眺めている。

つたない文字の一つひとつがくじけそうになる植野に力をくれる。

と、ＰＩＣＵフロアからアラームが聞こえてきた。

植野は科長室を飛び出した。

# 8

白い綿のような雪がふわふわと舞い降りてきた。

誰もいない教室の窓から外を眺め、優里は机に置いた便せんに鉛筆を走らせる。

『圭吾へ。雪が降ってきた。冬だね。寒くなるね。札幌はどうかな。こっちよりたくさん積もるかな。早く元気になってね。会いたいです。優里より』


ＰＩＣＵの床に優里からの手紙が落ちている。

「圭吾……圭吾……」

真美子が息子の異変に気づいた次の瞬間、モニターのアラームがフロアに鳴り響いた。

「圭吾！」

「お母さん、こちらへ」と看護師の猿渡《さるわたり》が真美子を奥へと連れていく。入れ替わるように志子田、綿貫、東上がベッドに駆け寄る。

「圭吾くん、大丈夫だよ」と志子田が声をかけ、「ＶＦです」と綿貫が周囲に告げる。

「まただ。蘇生しよう！」

東上の声に反応し、「除細動器お願いします！」と志子田が羽生に指示する。

「はい！」

そこに植野が駆け込んできた。

すでに志子田は圭吾の胸に手を当て、心臓マッサージを開始している。除細動器を運んできた羽生に植野が告げる。

「四〇ジュールで」

「準備できました」

「かけます。離れて」

パドルを手にした植野が言い、志子田が場所を譲る。植野が電気ショックをかけ、圭吾の身体がビクンと跳ねる。すぐに志子田が心臓マッサージを再開する。

二分後、志子田はマッサージを止めた。

「……」

圭吾の脈を確かめ、植野が皆を見回す。

「脈、触れてます」

安堵し、志子田は目を閉じた。

気管挿管を終えた圭吾を見ながら、志子田が植野に言った。

「次にVFが起きたら本当に危ないです。早く補助人工心臓を植え込まないと……」

「ただ、感染症が治らないと……補助人工心臓も移植もむずかしいですから……」

無念そうに志子田が唇を噛んだとき、背後で東上の院内スマホが鳴った。

「はい……小児、男児……二名、十歳……そのうち一名が心停止」

スマホを耳に当てながら、東上が皆を振り向く。

「うちから東公園まで五分ほど。救急車よりうちのドクターカーで現地に直行したほうが早いです」

東上が電話を切った瞬間、皆が一斉に動き出す。綿貫が車両部にドクターカーの手配を依頼し、植野は志子田に同行するよう指示。志子田は棚の上の救命用の医療バッグをつかみ、東上と一緒にPICUを飛び出した。

搬送口では矢野と看護師の虎田《とらだ》が待っていた。ふたりと合流し、志子田と東上はドクターカーに乗り込んだ。

遊歩道の脇にふたりの男の子が倒れている。そばに付き添っていた女性が、駆けてくる志子田らを見て、「ここです！」と叫ぶ。

手前に倒れている意識のない少年に東上が駆け寄り、志子田は奥の少年のほうへ。少年がうわ言のようにつぶやいた。

「……光《ひかる》を助けて」

「大丈夫だよ。先生たち来たからね」

「心停止！」

東上の声を聞き、「向こうの子、頼む」と矢野が志子田と入れ替わる。

志子田が駆けつけると、すでに心臓マッサージを始めていた東上が言った。

「心停止してる」

「ＡＥＤ準備します」

いっぽう矢野は意識のある少年の状態を確認すると、バックボードに固定してから点滴を施す。

ＡＥＤと心臓マッサージの効果があり、光の心拍が復活した。東上が脈を確認し、志子田は気管挿管へと移る。

気管挿管を終え、アンビューバッグを取りつけたとき、救急隊員たちが到着した。

バッグを揉んで光に空気を送りながら、救急隊員に東上が指示する。

「そちらの男児を救急車でお願いします。矢野先生、ついてあげて」

「はい」と矢野が東上に応える。

救急隊員が光にブランケットをかけようとするのを見て、「ちょっと待ってください」と志子田が鋭い声を発した。

「この子は脳にダメージを負っているかもしれません。高体温を避け、ドクターカーで搬送します。丘珠病院のＰＩＣＵまでお願いします」

「わかりました」


ドクターカー内で光を処置しながら、東上が言った。

「志子田先生、着いたらＣＴに直行しよう」

瞳孔を確認し、志子田が返す。

「瞳孔の左右差がある。頭蓋内出血してるかもしれません」

「……手術でなんとかなればいいけど」と東上がつぶやく。

付き添っていた女性に確認したが、光は最低でも三十分はあの場にいたらしい。ずっと心停止状態だったとしたら長すぎる。最悪、脳死の可能性もある。

丘珠病院に搬送されるや、すぐにふたりの男児は救命救急の初療室へ。その後、手術室へと運ばれ、手術を受けた。

それぞれの処置が終わり、数時間後ふたりはＰＩＣＵへと移された。

ミーティングルームの中央に立ち、志子田が一同に報告を始める。

「後藤《ごとう》光くん、十歳、Ａ型。硬膜外血腫に脳挫傷を合併。現場で心停止し、蘇生後にＥＲ収容。緊急で穿頭血腫ドレナージを行ないました。その後、手術室で開頭血腫除去を行ないました。もうひとりの患児、矢本大輝《やもとだいき》くん、十歳、Ｂ型。消化管穿孔《せんこう》していたので、開腹手術を行ないました。ふたりは先ほど、こちらに入室しました。硬膜外血腫の光くんですが、心停止の状態が最低でも十分以上は続いたと思われます」

「脳が耐えられる限度は五分。危ういラインだ」と今成はむずかしい顔になる。

現場で処置をした東上がつぶやく。

「今日は日中だいぶ冷え込んでいたおかげで、脳へのダメージを減らせたかも……」

「低体温症になっていたことが、不幸中の幸いだったっていうことですね」

綿貫にうなずきつつ、植野は言った。

「しかし、心停止後に低体温になったわけですから楽観的にはなれない状態です」

「ご両親には状況を説明しておきます」とつらい役割を自ら申し出た綿貫に、「お願いします」と植野が頭を下げる。

続いて浮田が口を開いた。

「大輝くんの手術ですが、無事終わりました。河本が立ち会ってるから、状況はよく理解してるので」

うながされ、河本が大輝の手術内容と損傷の具合を報告していく。

※

ベッドで眠る息子を大輝の母親が見守っている。そこに志子田と河本がやってきた。

「担当します、志子田と申します。よろしくお願いします」

「河本です」

大輝の母は力なく頭を下げた。「お願いします」

さっそく河本が説明を始める。

「消化管穿孔で開腹手術をしました。痛みはしばらく続くと思います。まだ十歳ですので痛みを緩和するお薬を使って、術後を管理していこうと思っています」

「よろしくお願いします」

そこに綿貫に連れられた光の両親が入ってきた。

頭に包帯を巻き、呼吸補助のチューブを鼻と口に装着した状態でベッドに横たわる息子の姿が目に入るや、「光……光……」と母親は駆け寄った。

綿貫がベッド周りのカーテンを閉める。

そのとき、かすかに大輝のまぶたが動いたことに志子田が気づいた。

「大輝くん?」

大輝の目がゆっくりと開く。

「大輝!? 大輝……」と母親が息子の頬に手を伸ばす。

「……母さん」

「大輝くんいいかな、ちょっと診させてね」と手袋をはめながら志子田が声をかける。

「お母さん」と河本が母親に場所を譲らせ、志子田がベッドへと近づく。

「大輝くん、具合どう?」

大輝が小さくうなずいたとき、隣のベッドのカーテンが開いた。

光の母親がものすごい形相で近づいてきた。

「なんで光をあんなところに連れていったの?」

「……え?」

驚く大輝の母を尻目に、光の母はさらに大輝を問いただす。

「光は午前中から塾だったの。あの子が自分であんなところに行くはずない！」

「後藤さん」と綿貫がなだめるが、光の母は止まらない。

「目を覚ましたんだから……理由を教えてよ！　あの子に何したの！」

大輝につかみかかろうとする光の母を、「お母さん！」と志子田と綿貫、そして光の父親が必死に止める。何ごとかと羽生と根岸《ねぎし》も駆けてきた。

「お母さん、大輝くんも手術したところなんですから」

綿貫が言い、大輝の母がかばうように息子の身体に覆いかぶさる。

「もし、脳死なんてことになったら……！」

「お母さん！」

厳しい声を発したのは、植野だ。

「光くんに聞こえますよ。お気持ちはわかりますから」

ハッとし、光の母はその場に泣きくずれた。

知事室に貼られた北海道地図を眺めながら、鮫島は渡辺との会話を思い出していた。

ドクタージェットの運用を実現するためには、道内の病院の連携が急務。その鍵を握る渡辺を説得しようと招いたのだが……。

どうにか丘珠病院のＰＩＣＵとの協力を考えてもらえないかと頼むと、渡辺はこんな提案をしてきたのだ。

「でしたら、うちの准教授を丘珠のＰＩＣＵの科長にしてください。私の後ろ盾があれば道内の優秀な人材を集めることは可能です」

要は北海道のＰＩＣＵから植野を排除し、自らの手でコントロールするということだ。植野を口説いて北海道に連れてきたのは自分だ。彼を裏切ることなどできない。

とはいえ、このままドクタージェットの運用ができなければ、北海道のＰＩＣＵはその真価をほとんど発揮できないことになる。

このとてつもなく広い大地で、子どもたちが健康で元気に楽しく暮らす——その夢を叶えるためには、非情な決断を下す必要があるのかもしれない。

医局で綿貫が脳神経に関する医学書を読み直していると、資料を配っていた羽生が声をかけてきた。

「やっぱり、ここでずっとって堪えるよね」

「ＰＩＣＵ？」

「うん。この前、ふたりからここを辞めたいって言われた」

「ああ……」

「引き止められなかった。つらいって思うの、わからなくもないからさ」

「そうですね」と納得しつつも、綿貫は自らに言い聞かせるように声を強めた。「でも、ここは絶対に必要な場所だから」

「頑張るしかないね」

「そう。頑張るしかない」

そう言って、綿貫はつまんでいた一口サイズのシュークリームを羽生に勧める。バスケットから一つとり、「よし、求人広告出すか」と羽生は気合いを入れ直す。

「いただきます」

「どうぞ」


「……ただいま」

真っ暗な玄関から音を立てないように台所へと入り、流し台の電気だけをつけ、コンロのみそ汁を温める。

「わ！」

志子田が反射的に振り向くと、顔にパックを貼りつけた南が立っていた。

「ビビった～」

「お母さんにお茶淹れて」

「お化けかと思ったよ」

「殺すな」と言いながら、南は台所の明かりをつける。

「……ごめん、そういう意味じゃ」

「わかってるよ。真面目か」と南はパックを剥がす。「ほら、肌つやいいでしょ？」

その顔色の青白さに志子田は驚くも、それをおくびにも出さずにうなずいた。

「うん。ほら、早く寝な」

「昼寝しちゃったから」

「……痛むの？」

湯を沸かしながら訊ねる志子田を、南がにらむ。

「昼寝しちゃったからって言ったでしょ」

「……ごめん」

「こうなるから知られたくなかったんだよ」

「どういう意味」

「私は今までどおりに普通に過ごしたかったから」

「家族ふたりしかいないんだからさ、そんなのないでしょ。もっと早く言ってくれればさ、違ってたかもしんないのに」

恨めしげに言いながら居間の食卓でお茶の用意をしようとする志子田に、「そっちで」と南は台所のテーブルを指さした。

「痛いから座れないんだろ」

「まぁ、そうかな」

テーブルについた南の前に座り、志子田がお茶を淹れていると、南がスッと目の前に封筒を滑らせた。

「今月、五万円多かったから」

南の前にお茶を置き、「ハワイ貯金にでも回してよ」と志子田は封筒を返す。

「治療費のつもりでしょ。お母さん、ちゃんと保険入ってるし、大丈夫だから」

「いいから」

押しつけ合いの末、「ハワイ貯金だって言ってんだろ」と志子田は語気を強めた。

あきらめ、封筒を自分の前に残したまま南は言った。

「……あんたの悪いとこはね、打たれ弱いところ。まあ優しいっちゃあ優しいんだけど、思考回路が単純なところ」

「なんだよ」

「あと、嘘をつけないところ」

「……」

「あんまり正直すぎて真っすぐだと、自分も相手も疲れるよ」

「ふざけんなよ。正直でいろっつったの母ちゃんだろ」

「そんなこと言ったっけ？　私が教えたのは、つらいときは泣くな、だよ」

「いや、正直でいろっつったよ」

「私は言ってないよ」

南はハッとし、微笑む。「それはお父さんが言ったんじゃない」

「覚えてないよ」と志子田はお茶を飲む。

「……あんた、お父さんのこと全然覚えてないもんね」

「だって父ちゃん死んだの、俺が二歳のときでしょ」

「そうだね」

「なあ、母ちゃん。病院の予約、全然入れてないよな。何回もうちの腫瘍内科から連絡してるのにさ。そういうのバレるんだからな」

「バレちゃった」

「まずは精密検査を受けてほしんだ。考えるのはそのあとでいいから」

「……」

「ねえ、母ちゃん。なんでそんなに病院嫌いなの？」

南はスッと目を伏せた。

「なんか父ちゃんのこと、関係してる？」

「……」

南は大きなあくびをし、目をこすりながら言った。

「眠くなってきた」

「おい」

「ほら、止めて」と南はコンロを指さす。火をかけたままのみそ汁が吹きこぼれそうになっている。

慌てて志子田が火を消した隙に南は封筒を滑らせる。気づいた志子田はすぐにそれを戻し、南をジロとにらんだ。

※

昏睡状態の光の瞳孔を確認し、植野が言った。

「しっかり縮瞳しています。頑張ってくれています」

「よかった」と羽生は胸を撫でおろす。

「ただ、いつ何が起こるかわからないので、頻繁に確認お願いします」

「はい」


圭吾がゆっくりと目を開くと、志子田の姿が視界に入った。

「わかる？」

圭吾がうなずき、志子田は微笑む。

隣にいた植野が、「これ」と優里の手紙を差し出した。「元気のもと」

受けとった圭吾は、優里の文字を見てふわっと微笑む。

枕もとで見守っていた真美子が笑った。

「魔法みたい」


午後遅く、矢野と河本が医局で昼食をとっている。ペットボトルの水を手にした志子田がそのテーブルに座る。

「PICUって本当にいろんな子がいるんだな」と矢野があらためて言った。「ここでずっとやってきたなんて、すごいよ。ふたりとも」

「すごいのは、子どもたちだよ」と水を口にしながら志子田が返す。

「そうか」

「悠太、無理すんなよ。休み休みだぞ」

「うん。あのさ、前の病院の看護師さんから連絡きた。なんか今、いろいろ勤務体制変えてくれてるみたい」

「そうか」

ふと河本が鼻をくんくんしはじめる。席を立ち、矢野の匂いを嗅ぎ、言った。

「なんか悠太、いい匂いする」

志子田も嗅ぎ、「おお、なんかつけてるな」とうなずく。

「は?」

「恋でもしてんの?」

河本が言い、「誰だよ」と志子田が問いただす。

「してない」

「誰よ?」

「羽生さんか」

「人妻だよ、やめときな」

「根岸さん！」

「根岸さんも人妻だから」

志子田と河本が盛り上がるなか、綿貫が医局に戻ってきた。

「綿貫先生……？」

志子田が言い、矢野がデスクについた綿貫をチラと見る。

「違うって」と言いながら、矢野は丼の横に置いたおやつの大福を手で隠した。

綿貫はにぎやかなテーブルをまるで気にせず、事務作業をしている。

「……」


大輝のお腹に手を当て、志子田が訊ねた。

「大丈夫？　手術したところ痛くない？」

大輝は首をひねり、隣のベッドへと目をやる。

「……先生」

「ん？」

「僕が……光を殺しちゃったんだよね」

「そんなことないよ」

「脳死になっちゃうんでしょ?」

「ならない」

「僕があんなところ行こうって言っちゃったから」

大輝は顔をくしゃくしゃにして泣きだした。

河川敷の公園でキャッチボールをしていたのだが、堤防の上でなぜかボールの取り合いになり、体勢を崩してコンクリートの坂を一緒に転げ落ちたのだ。

「ムキになって無理やりボールを取っちゃったから……」

「事故だよ。誰も悪くない」

「……ごめんなさい。光は……光は……ごめんなさい!」

涙が止まらず、大輝は過呼吸状態になる。

「大輝くん、大丈夫だよ。ゆっくり息吸おう。大丈夫」

「はぁはぁはぁ」


志子田が脳蘇生についての勉強をしていると今成が医局に戻ってきた。

「ちょっと鎮静剤で落ち着かせた」

冷蔵庫から缶コーヒーを取り、つぶやく。

「大輝くんもつらいよなぁ」

「このまま脳死になってしまったら、このつらさを一生抱えることになるかもしれませんよね」

「そうだな」と返し、コーヒーを飲む。

「まだ十歳なのに……」

「それで脳死を防ぐ方法なんかを探してるのか？」とテーブルに置かれた参考書を見ながら、今成は志子田の隣に座る。

「十分以上、心停止になった。光くんの脳に五分以上酸素がいかなかったんだ。俺たちにできることは奇跡を願うことだけ」

「……」

「医者なんて無力なんだよ。神様じゃねえんだから」

つぶやき、今成は悔しそうに拳を握った。

その夜、フロアから聞えてきたすすり泣きに、志子田は勉強の手を止めた。ミーティングルームから覗くと、大輝が寝つけずに泣いている。

志子田が立ち上がったとき、隣のベッドから圭吾が声をかけた。

「羊でも一緒に数えようか?」

大輝が圭吾へと顔を向ける。

「……光が死んじゃったらどうしよう」

「応援してあげて」と圭吾は言った。「パワーを送ってあげるんだよ、お友達に」

「パワー?」

「ほら、『ハンター×ハンター』の念みたいに。僕もあのパワーのおかげで、いっつもこっちに戻してもらってると思うから」

「うん」

大輝は身を起こし、逆側のベッドで眠る光に手のひらを向けた。

「……頑張れ、頑張れ」

念を送る大輝の後ろから、圭吾も光に手のひらを向ける。

「頑張れ……頑張れ」

「頑張って。光、頑張れ」

そんなふたりの姿に、志子田の胸は温かな思いで満たされていく。

「大輝が……そんなことを」

　翌朝、説明室で志子田からその話を聞き、大輝の母は言葉を詰まらせた。

「大輝くんもとても不安を覚えていると思いますし、身体もすごくつらいはずなのにお友達の光くんのことを励ましているんですよ」

「……」

　同じ頃、PICUでは綿貫が光の母と対峙していた。光の瞳孔を確認し、告げる。

「もう少ししたら徐々に体温を上げていきましょう。その間に、意識が戻ってくれることが理想ですが……」

　話を聞きながら、光の母は眠りつづける息子の手を握る。

「この子は目が覚めるでしょうか」

「声をかけてあげてください。お母さんの優しい声。きっと光くん、頑張れます」

「……」

「うちの医者があるお子さんに、『お隣のお友達に声をかけてあげて。きっと聞こえてるよ』って伝えたんです。そうしたら、その子が目を覚ましたときに、『寝てる間に約束したんだ』って。苦しいときもお母さんの声があれば、きっと光くんは頑張ってくれます。目を覚まします。信じましょう」

「……はい」

検査結果を手に志子田がミーティングルームに戻ると、作業をしていた綿貫が言った。

「……ごめん、受け売りした」

「は？」

「パクったってこと」

ぶっきらぼうに告げ、綿貫はミーティングルームを出ていく。怪訝そうに見送っているると植野が訊ねてきた。

「圭吾くんの検査結果、どうでした？」

「芳しくありません」と志子田は検査結果の紙を植野に見せる。「フィルムアレイ検査でも何も検出できず、真菌培養も陰性です。とりあえずミカファンギンを投薬していますが、それも肝臓に負担をかけるので……」

「そうですね」

「抗酸菌の培養をしてみようと思います。それがここで調べられる最後の項目かと」

「サマリーを見せてもらえますか？　僕も調べてみます」

「はい。まとめておきます」

出ていこうとする志子田の背中に、「しこちゃん先生」と植野が声をかけた。

「お母さんはどう?」

「実は今日、このあと検査なんです」

「僕の知り合いに優秀な腫瘍内科の先生がいてね」

「はい……」

「東京にいる先生だけど、いい先生だから一度診てもらったらどうかな?」

志子田の表情がかすかに明るくなる。

「お気づかい、ありがとうございます」

「一応、渡しておくね」と医師の名刺をつけた病院のパンフレットを志子田に手渡す。

「……ありがとうございます」


ベンチに深く腰かけた南のところに、「母ちゃん!」と志子田がやってきた。

「もう、どんだけ待たせたんだよ、病院ってやつは」

「仕方ねえだろ。検査の前にいろいろ手続きとかあるんだから」

そう言いながら志子田は南の隣に座る。

「帰っちゃおうかと思ったよ」

「あのね、せっかく有名な小林《こばやし》先生の予約とれたんだよ。文句言うなよ」

志子田が手にした書類を目に留め、南が訊ねる。

「今日、なんの検査するの？」

「今日は血液検査とＣＴ」

「ＣＴってウィーンって」と南は両手を上げながら、「やったよ、前の病院でも」と文句を言いはじめた。

「検査ってのはそういうもんなんだよ。我慢しなさい」

「子どもと親が逆になったみたいだね」

「ふん」と鼻で笑い、志子田は言った。「検査結果、俺が代わりに聞いとくから。先帰っていいよ」

「あとこれ」と南が大きな紙袋を志子田に渡す。「着替えは病院のがあるんだろうけど、靴下とパンツぐらいは替えないと本当にモテないからね。あとお弁当とインスタントのおみそ汁とか」

「こんなん売店で買えるから、もう」と志子田は紙袋のなかを覗き、口をとがらせる。

「荷物だったろ」

「ふーん」

「まぁ、ありがたいけど」


数時間後——。

検査結果を聞いた志子田がベンチで弁当を食べている。

どんよりとその表情は暗く、目には光がない。

ただ機械的に箸を口に運んでいく。

※

綿貫がいまだ昏睡状態の光の瞳孔をライトで確認している。隣のベッドからその様子を大輝がじっとうかがっている。

綿貫が去り、入れ違うように志子田がやってきた。モニターを確認し、大輝に言った。

「だいぶ安定してきたね」

「うん。光、起きるかな?」

「うん。大輝くんは悪くないし、光くんも大輝くんを悪くは思わない」

「うん」とうなずき、大輝は右隣のベッドの圭吾に目をやる。「昨日、あのお兄ちゃんが教えてくれた」

「あのお兄ちゃん、すごいからね」

「しかも優しかった」

笑顔になる大輝に志子田も笑みをこぼす。

志子田は隣のベッドに移動し、眠っている圭吾を見つめた。

「……圭吾くんはすごいな」

光の聴診を終え、植野が綿貫に言った。

「脳圧が少しずつ上がってます」

「そうですね」とうなずき、綿貫が看護師に指示する。「根岸さん、マンニトールお願いします」

その会話を大輝が心配そうに聞いている。

と、今度は逆側でアラームが鳴った。

すぐに志子田が圭吾のベッドへと駆け寄ってくる。

「圭吾くん、起きてるかな?」

志子田が声をかけるが圭吾の意識は戻っていない。すばやくモニターに目をやり、志子田の表情が変わった。

「血圧、脈拍、呼吸、すべてが下がってます。ドブタミンを上げてください」と真美子に対応していた羽生に告げる。

「はい」

「どうした」と今成と東上が駆けつけてきた。

「替わってください」

今成が志子田から受けとったアンビューバッグを圭吾の口にかぶせ、東上が圭吾に声をかける。

「圭吾くん、聞こえるかな？　息吸えるかな？」

心エコーを運んできた志子田が心臓の辺りをモニターしていく。

「……違う」

心臓が原因ではなさそうだ。

今成が圭吾に顔を近づけ、言った。

「呼吸から見ると……誤嚥《ごえん》か？」

「吸引します」

すぐに枕もとの吸引器を使い、志子田は口腔内を吸引していく。モニターの表示が変わり、志子田が鋭い声を発した。

「VT《心室頻拍》です！　除細動器お願いします」

その声を聞き、植野が光のベッドを離れ、圭吾のもとへと向かう。

「準備できました」

除細動器のセットを終えた羽生が吸引を替わり、志子田がパドルを手にとった。

「同期カルディオバージョンします。離れてください」

電気ショックを与えられ、圭吾の身体が跳ねる。

「圭吾くん、頑張って」

脈を見ていた東上の声がフロアに響く。

「戻った」

志子田のあごから汗の雫がポトリと落ちた。

医局に戻った志子田は力なくデスクに手をついた。今回はどうにか圭吾の命を救うことができたが、感染症が治癒しないことには何度も同じようなことが起こるだろうし、心臓移植など夢のまた夢だ。

「志子田先生」と根岸がやってきて、大判の封筒を渡す。

最後の頼みの綱、抗酸菌検査の結果だ。

志子田は祈るように封筒を開け、検査結果を取り出した。

記されていたのは希望とは違う『インセイ』の文字だった。


ミーティングルームにスタッフ一同が集い、志子田の報告を聞いている。

「――以上の検査を行いましたが、感染症の原因が特定できませんでした。炎症反応があり、発熱も見られ、感染症であることは間違いないかと思います。ですが、原因がわかりません」

志子田が作成した資料に目を通し、綿貫が言った。

「検査できる項目はこれですべてかと」

「残念ながら、そうですね」と植野も同意せざるをえない。

「今回は気管挿管までいかなかったけど、危なかったことには間違いないな」

今成にうなずき、浮田が言った。

「悪いケースが続きすぎだ」

「これだけ不整脈が頻繁に出て、感染症もコントロールできないとなると――」

「しかし」と志子田が植野の言葉をさえぎる。「圭吾くんの感染症が治癒すれば……」

「そうですね」と植野が志子田に顔を向けた。「でも、それは奇跡的なことで、うちの病院ではできない」

重い空気を断ち切るように、「しこちゃん」と今成が声を張った。覚悟をうながすように志子田に訊ねる。

「親御さんにいろんなケースを話す必要があると思うぞ、これは」

皆がじっと見守るなか、志子田は口を開いた。

「親御さんには、終末期の過ごし方も含めてお話ししようと思っています」

「終末期って、あきらめるってことですか？」

納得できない様子の河本を矢野がなだめる。

「助かる可能性が低い。必要な話だと思います」と東上は志子田の考えを支持した。

植野もうなずき、志子田に言った。

「一緒に親御さんに話しましょう。隣で聞いていますから」

「はい」

植野がカンファレンスの終了を告げ、皆はミーティングルームを出ていく。残った志子田に近づき、羽生が声をかけた。

「志子田先生」

南が台所のテーブルでノートに何やら書いている。玄関のほうから、「入るよー」と声がし、桃子が顔を出した。

「ごめんね、身重なのに」

恐縮する南に、「全然」と微笑み、大きな紙袋をテーブルに置く。南は紙袋を覗き、

「えー、こんなにたくさん」とうれしそうにタッパーに入ったおかずを取り出す。

流しで手を洗いながら桃子が言う。「無理はしないでいいからね」

「うん。美味しそう」

「じゃ、冷蔵庫入れとく」

タッパーを冷蔵庫に詰めながら、桃子は言った。

「たけちゃんに話したって聞いたよ。詳しいことも……聞いた」

「そう」

「南ちゃんはたけちゃんのお母さんだけどさ、それだけじゃないから。南ちゃんは南ちゃんだから。なんかあったらすぐ連絡して」

冷蔵庫を閉め、「あとさ」と桃子はメモを書きはじめる。「翔《しょう》ちゃんの連絡先、伝えと

くね。たけちゃんに言いづらいことがあって、私につながらないときはここに電話して」

メモを置く桃子に南は言った。

「なんでうちにお嫁に来なかったんだろ。こんな素敵な娘さん」

「バカ言いなさんな」

「もうすぐだね」と南が桃子のお腹を触る。愛しげに撫でながら、お腹の子に言った。

「もうすぐ会えるよ」

「うん」と桃子は優しく微笑んだ。


夜のＰＩＣＵを見回りながら、志子田はカンファレンスのあとに羽生から告げられた助言を思い返していた。

「圭吾くんは小学校六年生です。大人の雰囲気をすぐ察します。お話しするときは気をつけてくださいね」

その言葉を胸に刻みつけていると、圭吾の目がゆっくりと開いた。

「起きた？」

圭吾は志子田に小さくうなずく。

「どこか苦しいところある？」

今度は小さく首を横に振った。

「よかった。もう少し休んでたほうがいいよ」

「……ねぇ、先生……」と圭吾が力ない声で話しはじめた。「お願いがあるんだ……」

「ん？」

志子田はイスを引き、圭吾の枕もとに座る。「どうした？」

「……もし……俺がダメだったら……俺の身体、あの子にあげて……心臓は使えないけど……ほかなら使えるかも」

天井を見つめ、圭吾はそう言った。

「……なに言ってんだよ。優里ちゃんに怒られちゃうよ」

「もし、だよ。もしの場合……ちゃんとあげてね……」

圭吾は志子田のほうへと顔を向け、続けた。

「……俺の命……無駄にされたくない」

あふれそうになる感情を懸命に押さえ、志子田は立ち上がった。圭吾の頭を優しく撫で、言った。

「ゆっくり休んで。近くにいるから」

「……うん」

「……」

その夜、志子田が圭吾のそばを離れることはなかった。

※

翌朝、真美子が息子のベッドに歩み寄りながら、付き添う志子田に礼を言った。

「朝までそばにいてくれたんですね」

「だいぶ安定してましたよ」

ベッドをはさんでふたりが話していると、「光くん」と奥から羽生の声がした。

「先生！」

綿貫と植野、矢野が光のベッドへと駆けつける。

大輝もベッドから身を起こした。

光が目を覚ましたのを確認し、植野と綿貫、羽生は安堵の顔でうなずき合う。

「親御さんに連絡してきます」と矢野が急ぎ足でＰＩＣＵを出ていく。

隣のベッドから大輝が声をかけた。

「光？」

光がぼんやりとした目で大輝を見つめる。

信じられないような顔の大輝に、志子田が言った。

「大輝くん。光くん、わかってるよ」

光……。

よかった……。


相談室で真美子と圭吾の父親が志子田と向き合っている。志子田の隣には植野が控え、圭吾の容態を報告する志子田を見守っている。

「現状では補助人工心臓も移植も、埋め込み型の除細動器も選択できません」

目に涙を溜め、真美子は言った。

「じゃあ、あの子は死んでしまうじゃないですか」

「ご家族を失ってしまうかもしれない恐怖のなかで、私たち医者にできることはほとんどないのかもしれません」

そんな無力な存在だったとしても、まだやれることがあるはずだ。

思いを込め、志子田はふたりに言った。

「一緒に考えたいんです。圭吾くんにとって、何が最適なのか」

「……帰りたいです」

涙声で真美子はそう言った。

「函館に帰してやりたいです」

「……」

「家の近くで……もしくは、できるなら家で。うちの犬とか、あの子の好きなものであふれてる部屋とか、お友達とか……そういったものがあるなかで、最期を……過ごさせてあげたいです」

「……わかりました」

相談室を出た圭吾の両親は、志子田と植野に頭を下げ、息子のもとへと戻っていった。礼を返し、頭を上げた志子田に植野が言った。

「わかりやすく、説明したと思います」

「……」


自席で志子田がPICUで担当した患児たちのノートを見返している。神崎鏡花《かんざききょうか》ちゃん、佐渡理玖《さどりく》くん、莉子《りこ》ちゃん、杉本淳之介くん、深田蒼《ふかだあおい》くん、立花日菜ちゃん——ひとり一冊、ノートにはそれぞれの患児の病状や治療方法、経過だけではなく、そのときどきに自分が何を思ったかまでが赤裸々に綴られている。

志子田は表紙に『小松圭吾くん』と書かれたノートを手にとった。ノートを開くまでもなく、圭吾とのさまざまな思い出が鮮やかに脳裏によみがえってくる。

「どうせ死ぬんだからほっといてよ」と最初は頑なに拒絶された。

心臓移植を拒む理由は、ほかの子の死を願いたくないという優しさからだった。

なんちゃって修学旅行でガールフレンドに「大好き」と告白できた。ふたりは将来を誓い合う素敵な恋人同士だった。

心臓移植をしても生きたいと前向きになってくれた。心臓をくれた子の分まで、長く生きるのだと。

そして、大きくなったら医者になりたいとまで言ってくれた。

彼が苦しい息の下、懸命に伝えてくれたのが、

「俺の命、無駄にされたくない」

そんな言葉だった。

十二歳の少年の切ない思いに、堪えても堪えても涙があふれてくる。

志子田は涙で顔を濡らしながら、無力な自分に頭を抱えた。

そんな志子田の様子を、窓の外から植野がじっと見つめている。

スマホが鳴り、植野は窓のそばを離れた。

「はい、植野です」


応接室に入ると、すでにソファに鮫島の姿があった。

立ち上がり、「突然すみません」と頭を下げてくる。

「いえ。どうぞ」と着席をうながし、植野は彼女の正面に座る。

「知事、何かありましたか?」

「……札幌共立大学病院の渡辺先生から提案を受けまして」

「……」

「ドクタージェットを丘珠に常駐させるための提案です」

「……え?」


「函館に帰ってもいいんだって。よかったね。優里ちゃんに会えるよ!」

満開の笑顔でそう告げる母親から、圭吾は志子田へと視線を移した。

志子田も柔らかな笑みを浮かべる。

「……」

その夜——。

東上が光の回診を、今成が大輝の回診をしているなか、志子田は圭吾のモニターをじっと見守っている。

「しこちゃん先生」

圭吾に呼ばれ、志子田はベッドへと向かった。

「どうしたの？　眠れない？」

「……俺、死ぬんでしょ？」

淡々とした口調で圭吾は言った。

「ええ？」

「だから、函館に帰るんでしょ？」

志子田は優しい表情のまま、返す。

「違うよ」

「……本当のこと教えて」

「……」

「先生、ちゃんと教えてよ」

志子田は枕もとまでイスを引き、「圭吾くん」と視線を合わせて語りはじめる。

「圭吾くんは今、感染症の治療をしていることはわかるよね」

圭吾は小さくうなずいた。

「だから身体もすごく今だるいと思う。でもね、その治療が終われば補助人工心臓の手術ができて、移植に向けて進められるんだよ。その治療はむずかしくないから、おうちの近くの病院でも大丈夫なの」

「本当？」

「先生、圭吾くんに嘘ついたことある？」

「彼女が三人いるって言った」

志子田はふっと笑みをこぼす。

「嘘じゃないかもしれないじゃん」

「嘘だろ」

微笑む志子田を見つめる圭吾の目から、一筋の涙が頬をつたう。

立ち上がり、志子田は圭吾の頭にそっと手を触れる。

「どうした？」

「死んじゃうのかなって、怖かったから。違ってよかった」

「本当だよ。心配しすぎだって」

圭吾の頭を優しく撫でて落ち着かせる志子田を、植野が切ない表情で見つめている。

ＰＩＣＵを出た志子田が廊下に佇んでいる。背は丸まり、頭はガクッと垂れている。

そんな志子田の背中に向かって、植野が声をかけた。

「しこちゃん先生」

「……はい」

「正しかったです、君は」

振り返った志子田の顔には、穏やかな笑みが浮かんでいた。

「圭吾くんが何度も心停止を乗り越えられたのは、なぜだと思います？」

「……」

「しこちゃん先生が、生きたいという希望をあきらめさせなかったからですよ」

「……」

「圭吾くんのお母さんがどうして決心がついたと思いますか？」

「……」

「やれることはすべてやったからです」

「……」

「ちゃんとあきらめがつけば、看取る覚悟ができるんだと思う。圭吾くんの一番良い方法で最期を迎えられるように。……そう思えるようになるんだと思うよ」

「……はい」

必死に泣くのをこらえる志子田の肩を植野が優しくポンと叩いた。

「頼もしくなったね」

口をへの字に曲げ、志子田は微笑む。

涙は決してこぼさなかった。

※

「ただいま」

志子田が台所に入ると、「お帰り」と南が迎えてくれた。桃子がたくさんおかずを持ってきてくれたとうれしそうに話す。

小松菜と油揚げの煮びたしを南がタッパーから皿に取り分け、志子田がご飯をよそう。

南に量を確認してからお茶漬けにする。

居間へと向かう南に、「そっちでいいの?」と志子田は訊ねた。

「こっちがいい」

つらそうに食卓につく南を後ろから志子田が支える。

「ありがとう」

ふたり分のお茶漬けを持ち、「あっつあっつ」と志子田が食卓に置く。

今日は食欲があると言うので、サバの味噌煮とかぼちゃの煮物に加え、ポテトサラダも食卓に出した。

「いただきます」と声をそろえ、レンゲを手にとった南に、「熱いから気をつけろよ」と志子田が注意する。

ふたりはお茶漬けをひと口食べ、同時に言った。

「あっつ」

顔を見合わせ、ふたりは笑った。

「やっぱり似るんだね」

「うん」と志子田が母にうなずく。

フーフーと冷まし、南はレンゲを口に運ぶ。

「あっつ」

「冷めてないんだからさ、待ちなさいよ」

「冷めたらまずいでしょ」

そう言いつつ、南はレンゲを置いた。

「うちの患者さんでさ、心臓の病気で何度も心停止になってる子がいるんだけど……もう移植しか手段がない子でさ」

「この前言ってた、立派な子？」

「うん。毎回毎回もうダメかもしれない状態になるんだけどさ、立ち上がるんだよね。立ち上がるたびに優しくなって、どんどん周りを幸せにしていくんだよ」

「偉いね……」とつぶやき、「でも」と南は続けた。「きっとその子、そうならないといけなかったのかも。健康でなんの心配もない子と違って、その子はそうやって大人になってみんなを幸せにしてくれるんだよ」

「そっか……俺、ダメだな」

「え」

「毎回母ちゃんに言われて、あ、そっか……って思うんだよ。ガキだな」

苦笑する志子田に南は言った。

「あんたはあんたの道でいいんだよ。あんたのいいところは、正直なところでしょ」

「……」

　ふいに志子田は母の前に両手をついた。

「母ちゃん、お願いします」

　そのまま床に頭をつける。

「俺があきらめられる……あきらめられるだけの時間をください」

　土下座する息子を南が静かに見つめている。

「俺が、母ちゃんと離れる覚悟ができるための時間を。たくさんとは言わないから、ちょっとだけ」

　志子田は顔を上げ、言った。

「……母ちゃん、一回だけ東京の病院に行こう」

「……」

「頼むよ」とふたたび頭を下げる。

　南は一つ息をつき、言った。

「顔上げなさい」

　顔を上げた息子の目には涙が溜まり、澄んだ湖のようだ。

　泣き虫の息子のこの顔を何度見てきただろうか。

この子は優しいから……。

「……わかった」

「え」

「わかったって言ってんの」

「え、ホント?」

「しつこいなあ。泣くながうちの家訓でしょ」

そう言って、南はティッシュの箱を志子田に差し出した。

「ほれ、鼻水」

志子田はグスグスと鼻を鳴らしながらティッシュをとり、目もとを押さえ、鼻をかんだ。

# 9

羽田空港の到着ロビーに出た志子田と南は、キョロキョロと広い構内を見回した。フロアマップに歩み寄り、「タクシー……タクシー……」と志子田が乗り場を探す。

タクシー乗り場の位置を確認し、振り向くと後ろにいたはずの南の姿が見当たらない。

「羽田空港限定です」という声のほうに視線を移すと、南が売店の店員からチラシをもらっていた。

「ったく」とつぶやき、志子田は南のもとへと向かう。「何やってんだよ」

「このクッキー、ここでしか売ってないんだって。会社の人に買っていかないと」

「お土産なんて帰りに買えばいいんだよ」と志子田が南を売店の前から引きはがす。

「羽田限定だよ？　なくなっちゃったらどうすんの」

「大丈夫だよ。何かしらあるよ。あっちだって」

タクシー乗り場へと歩きだした息子の背中に、南がボソッと言った。

「そういうことを大事にしないからモテないんだよ」

「そういうのはね、だいたい置いてあんだから。それとモテないのは関係ねえから」

宿泊先ではなく、空港から直接植野が紹介してくれた東京中央記念病院に向かった。

「十一時から原口《はらぐち》先生で予約している志子田南です」と志子田が受付に告げる。

確認し、「腫瘍内科の外来はB棟になります」と受付の女性が予約票を渡す。

「ありがとうございます」

しんどそうに待合のイスに座る南を見て、受付が言った。

「もしよろしければ車イスをお貸し出ししていますよ」

志子田は南と顔を見合わせ、うなずいた。

南を乗せた車イスを押した志子田が検査室へと向かっている。小さく丸まった母の背中を見つめながら声をかける。

「痛み止め、飲んどく？」

「大丈夫」


検査を終えた南と志子田が診察室前のベンチで順番を待っている。スマホから通知音がし志子田が画面に目をやると、約八分で順番が回ってくるとの知らせが入っていた。

「やっぱ東京は違うね。さすがだわ。非常にね、システマティック」

「あ？」

「システマティック！」

「出た。そういうの。横文字。カッコつけ」

「ふん」

「……怖い先生じゃないといいなあ」

つぶやく南に志子田が顔を向ける。

「なにガキみたいなこと言ってんだよ。あのな、原口先生はすっごい先生なんだぞ。日本で一番の先生で、予約がなかなか取れないんだから。どんなに鬼みたいな先生でも黙って診察されとけ」

「……鬼」

注射を怖がる子どものような表情になる南に志子田は苦笑した。

「大丈夫だよ、優しいよ」

しばらく待っていると、志子田が貧乏ゆすりをはじめた。カツカツと床の鳴る音を聞き、南が顔をしかめる。

「やめなさい」

「え？」

息子の足に目をやり、南は続ける。

「それ、たまに出てるよ」

「……」

「小さいときよりはマシになったけど、直しなさいよ」

「わかったよ」

「お母さんくらいしか、そういうこと言ってあげる人いないんだからね」

「……」

「でも、身体にはいいんだって。いい運動になるんだって」

「じゃ、直さないほうがいいじゃん」

「うん……どうしようかね。迷うね」

そのとき、診察室のドアが開き、看護師が顔を出した。

「志子田さん、診察室にどうぞ」

「はい」と立ち上がった志子田に、南が言った。

「結果は武四郎が聞いてきて」

「え？」

「あんたお医者さんでしょ。お母さん、むずかしいことよくわかんないから」

「……わかった」

診察室の扉の前で立ち止まり、志子田は南を振り返った。南はぼんやりと前を見つめている。その表情からは母の思いはうかがえない。

志子田は大きく息を吐き、診察室の扉に手を伸ばす。

診察室へと消える息子を南が見送っている。


挨拶を交わし、志子田が対面の丸イスに腰かけると、原口が柔和な笑みを浮かべながら口を開いた。

「植野先生、寒がりだから大騒ぎでしょ?」

「雪が降ったら大喜びされてましたよ」

「そうですか。よろしくお伝えくださいね」

「はい」

「では、結果ですが……」

原口はさっそく本題に入った。志子田が持ち込んだ丘珠病院での検査結果と見比べながら、南の現状を説明していく。

「進行のペースが非常に早く、痛みもかなり強まっているでしょうね」

「痛み止めにモルヒネを飲んではいますが、三時間くらいで薬が切れて、発作的に苦しむことがあります」

「かかりつけの先生からも申し送りをいただいています。転移された腰部と骨盤の骨の痛みについてなのですが……」

「あの先生」と話の腰を折り、志子田はバッグから何やら書類を取り出した。

「以前、こちらの症例を担当されていましたよね？」

原口の書いた論文を本人に見せながら、志子田が提案していく。

「先生が担当された症例を調べてみたんですけど、こちらの症例のようにいろいろな治療法を組み合わせていただければ……例えば、これと同じようにケモ《化学療法》をして、もし癌が切除可能なくらいにダウンステージしてから手術をすれば、母の癌も寛解に向かうのではないでしょうか？」

必死な志子田をなだめるように、原口は言った。

「志子田先生……お母さまは多発転移されています。これらとは全く別の症例と思っていただいたほうがいいです。残念ですが……」

「……そうですか。何か……ほかに方法はありますか？」

すがるように訊かれ、原口は毅然と答える。

「お母さまの癌が寛解する可能性は、かなり低いです」

「……そうですか」

「寛解はむずかしいですが、もちろん治療をすればお別れまでのお時間を少し伸ばしてあげることができます。ただ、身体に負担がかかりますし、ご本人の意思を尊重してあげてください」

「……」

「せっかくここまでお越しくださったのに、本当にすみません」

原口に頭を下げられ、志子田は慌てた。

「いや、先生、あの……北海道でも同じことはわかっていたので。それなのに僕が、どうしてもって思って……本当にすみません」

頭を下げ返す志子田に、原口は言った。

「おつらいとは思いますが、お母さまとよく相談してください」

そう言うと、志子田に気持ちを整理する時間を与えるために原口は席を外した。

原口の言葉は最後通牒《さいごつうちょう》と同じだ。

もう何も打つ手はない……。

志子田は顔をゆがめながら、こぼれそうになる涙をどうにか堪える。

診察室から志子田が出てきた。その表情を南がじっと見つめる。視線に気づき、志子田は顔をそらした。

「なんかあれだな、東京も札幌も変わんねえな」

そんなことを言いながら隣に座る志子田に、南が返す。

「さっきまでは東京すごいって言ってたのに」

「次の病院行こう」

息子の言葉に、南は怪訝そうな表情になる。そんな母に志子田は言った。

「次は天下の東大病院よ」

「……」

南の車イスを押して出口に向かいながら、志子田は饒舌に話しつづける。

「さっきの先生も悪くないんだけど、植野先生の紹介だし優秀なんだろうけどさ、親切だったし、いいんだけど。なんかね、やっぱ次だな」

「もう一個、行かなきゃなの?」

「サプライズよ。母ちゃんに内緒でもう一個予約してたんだよ」

「お母さん、菓子折り一個しか持ってきてないからね」

「いいんだよ、そんなの」

ロビーの隅に置かれた車イスを目に留め、南が手を上げて止まるよう指示する。

「車イス、返さなきゃ」

立ち上がろうとした南を、「ちょっと待って」と志子田が手伝う。


タクシーのなかでも志子田はペラペラと話しつづける。南はそれを聞き流しながら、ぼんやりと窓の外を眺めている。

「東京はすごいねぇ、ビルばっかり」

「札幌と変わんねえよ」

「あ、またコンビニ……あ、また同じ会社の。経営大丈夫かね」

「さっきの先生くらいなら、俺と変わんねえな。次は東大だから」

「喫茶店も、百貨店もまたあるよ。人が多いねえ。あ、またコンビニ」

「小児もね、やっぱすごい症例は東大がやってんだよ。移植とかも症例数が全然違うかんね。最初から東大行っとけばよかったよ。失敗したわ。でも植野先生の紹介だし、しょうがねえか」

窓の外に何かを見つけ、南の表情が変わった。

「停めて」

「？」

「ここで停めてください」

※

観光バスのシートに身を沈めた志子田がぼやく。

「なんでこうなっちゃうんだよ」

いっぽう、隣の南は楽しそうだ。

「いいじゃん、東京だよ」

「マジかよ」

新たに乗り込んできた南と同年代のおばちゃんふたりが前の座席につきながら、「あら、イケメン」と志子田に声をかけてきた。

「息子なんです」と南が得意げに返す。

「いい息子さんね、お母さんと旅行なんて」

「まあ」

「そうなんです」と南は前のめりになる。「親孝行者なんです。お医者さまなんです」

「母ちゃん、おい」

志子田が割って入るも南の口は止まらない。

「小児科医。ＰＩＣＵってところで頑張ってるんです」

「Ｐ？」

「ＰＩＣＵ」

「Ｐ……？」

「ＰＩＣＵ」

「あはは……なんかすごそうね」

「そうなんです。すごいんです」

「うらやましいわ」

「でしょ」

おばちゃんふたりは愛想笑いを浮かべ、後ろに向けていた身体をイスに戻した。

「自慢かよ」と小声でツッコむ志子田に、「いいじゃない」と南が返す。

「今までねたまれると思って謙遜して我慢していたんだよ。ここは旅先だよ」

志子田はふっと笑みをこぼした。

「さあ、出発のお時間となりました」

マイクを通した歯切れのいい声が聞こえてきた。いつの間にか通路の前方に体格のいい四十くらいのバスガイドが立っている。

「みなさん、準備はＯＫ？」

「ＯＫ～」と南が手を上げる。

「本日ガイドを務めさせていただきます、スミス桜《さくら》でございます」

「スミスて！」

前列のおばちゃんがツッコむと、「本名なんですよ」と真顔で返す。「旦那がオーストラリアなもんで。みなさん、桜ちゃんと呼んでくださいませ」

可愛くアピールするバスガイドに、さっそく南が声をかける。

「よ、桜ちゃん！」

それをきっかけにほかの客たちからも一斉に声があがった。

「桜ちゃーん」

「ありがと～う」

盛り上がりにドヤ顔になる南を見て、志子田は苦笑する。

と、いきなり桜が前かがみになり、声のトーンを変えた。

「結構毛だらけ猫灰だらけ、尻の周りはクソだらけ！　嫌なことが多い世の中ですから、今日はパアッとやりましょうや！　あたしの言うことしっかり聞くんだよ！　さぁ始まりました、柴又寅さんツアーでございます」

寅さんのモノマネでつかみはＯＫ。笑いにあふれた和やかな雰囲気のなか、バスは都心から下町へ向かって走りだした。

「みなさん、右手をご覧くださいませ」

桜が左手を上げて、窓のほうへと向ける。皆が一斉に外へと目をやったときキラーフレーズが飛び出した。

「一番高いのが、中指でございます」

懐かしの昭和ギャグに車内は大爆笑だ。ポカンとひとり取り残されている志子田を見て、桜がツッコむ。

「あれ？　お兄さん、笑ってくれてない」

仕方なく志子田は乾いた笑いを顔に浮かべた。そんな息子を楽しげに南が小突く。

「さあ、左をご覧くださいませ。みなさん、あちらがかの有名なスカイツリーでございます。本日はギュッとタイトなバスツアーでございますので、ここからお写真だけで我慢してくださいませ。まあ正直申しましてね、ユーチューブのほうがきれいなスカイツリーが見られます」

またしても車内は大爆笑。

「すごいね、東京のガイドさんは」と南はメモをとりはじめた。

そんな母を横目で見ながら、志子田が言った。

「……母ちゃん。もうちょっとバスガイド続けようよ」

南がペンを止め、志子田を見る。

「俺の子どもにもさ、母ちゃんのガイド聞かせてやってよ」

「フフ。奥さんもいないくせに」

「近々するよ」

「誰とよ」

「なんか……すごい人」

「あっそ」

「ハワイでさ、フラダンスの大会出ようよ。俺、ハワイに別荘買うから。札幌駅のマンションも買おうよ。床暖つきの最上階の。昔、約束したろ」

「……先生にダメって言われたんでしょ?」

不意打ちに志子田が固まる。

「あんたの顔見たらわかったよ」

「……次の病院はきっと違う結果だよ」

「予約なんて取ってないでしょ」

「……」

「あんたの嘘なんて、一瞬でわかるんだから。何年あんたの母ちゃんやってると思ってんのよ」

「……」

「……先生、本当はなんて」

動揺する心を落ち着かせ、志子田は話しはじめる。

「……むずかしいけど、治療すれば少しだけ時間が手に入るって」

「……そう」

「だからさ——」

「もういいから」と南はさえぎる。「旅行、楽しもう」

「……」

柴又に到着し、客たちはバスを降りた。

駅前広場にある寅さんの銅像の前に立ち、「写真撮って」と南は志子田にせがむ。

「葛飾柴又よ」と口まねする母に苦笑しながら、志子田はスマホのシャッターを切る。

「寅さんの銅像の足の左親指を触ると幸せになれるんだって」

「そんなん迷信だろ」と一蹴しつつ、南がさくらの銅像のほうに行くと、志子田はさりげなく寅さんの左親指に触れる。

それを見て、南は笑った。

柴又の商店街や帝釈天を回ったあと、お昼はもんじゃ焼き店に入った。

店員に教わったように作ってはみたものの、鉄板に広がる糊状のお好み焼きめいたものは美味しい食べものとは到底思えず、南が不安げにつぶやく。

「これ、できてるのかな……？」

志子田は辺りを見回し、その状態で皆が食べているのを確認。おそるおそるヘラですくって食べてみる。

「うま！」

南も口にし、同じような顔になる。

「うま！」

食事を終えて入ったお土産屋さんで南が手にとったのは、外国人観光客しか着ないだろう『I♡TOKYO』のTシャツだった。

身体に当てられ、「着ねえよ」と志子田は顔をそむける。

「似合ってるよ」

「着ねえって」

「買ってあげる」

「じゃあ、俺は母ちゃんの買うわ」

「えー、ペアルックじゃん。恥ずかしい」

そう言いつつも、南はうれしそうだ。


志子田が予約していたのは風情のある高級旅館だった。

温泉から上がり、浴衣姿になったふたりが豪華な膳を囲んでいる。

「ずいぶんと奮発したね」

「医者だぞ、医者」と美味の数々に舌鼓を打ちながら、志子田が返す。

「ま、そうね。実家暮らしだしね。貯め込んだよね」

「なんだよ。住んでちゃいけなかったのかよ」

「ううん。うちにいてくれてうれしかったよ」

「だろ?」

「うん」

「ふふ」と笑みを漏らす息子に南は言った。

「幸せだね」

「……」

「幸せすぎて、もったいないよ」

「もっと幸せにしてやるよ」

照れもせずに恥ずかしいセリフを言われ、南は吹き出した。

「……もう十分だよ」

「ううん。俺はもっとしてやりたい。まだまだできてない……だから頼むよ。俺を……ひとりにしないでくれよ」

「武四郎がもっとちっちゃかったら、ひとりにしたくないって思ったかもしれないなぁ。でももう、あんたは大丈夫。立派な大人だよ」

「そんなことないよ」

「そんなことあるよ。お母さんもう何にも言うことない。あんたはもう大丈夫」

「勝手に決めんなよ」

「母ちゃんはなんでもひとりで決めてきたから。そうやって生きてきちゃったからさ」

「……俺のためでも……治療できない？」

「うん」とうなずき、南は謝る。「ごめんね」

小さく一つ息を吐き、志子田は言った。

「なんで治療できないか、教えてくれる？」

見つめ合ったまま、しばしの沈黙がふたりを包む。

観念したのか南は箸を置き、口を開いた。

「あんたのお父さんね」とゆっくりと語りはじめる。

「ものすごく優しい人だった。あんたにちょっと似てるかな。情けないけど、人が好きでね。周りにいろんな人がいて、こんな優しい人がいるんだって、思った。なんとかこの人の子どもは世の中に残さなくちゃいけないと思って……子どもが好きとか、子どもがほしいっていうより、この人の子どもを産みたいって思って、結構不妊治療したんだけど……、でも、うまくいかなくてね。あー、私みたいなのが結婚したばっかりにって思って、お父さんに謝ったことがあったの。でも、そのときお父さんが怒ったのよ。僕の好きな人のこと、そんなふうに言わないでって。それから不妊治療やめたら、なんかポンってあんたが生まれたの」

「……」

「うれしかったなぁ」と南は遠い目をして微笑む。「私はこの子を産むために生きてきたんだと思って。大好きな人と、これから大好きな人の子どもを一緒に育てていくんだって。考えてみたら、あのときがお母さんの人生で一番幸せなときだったのかもしれないね」

思い出していたのだろう。南の表情が輝いていく。そんな母を見つめながら、志子田の目から涙がこぼれる。

しかし、すぐにすべてをあきらめたような穏やかな顔に戻った。

「それからね、お父さんが急に職場で倒れたの。咳がね、止まらないとは思ってたのよ。でも、まさか若いからね、癌とは思わなかった」

「……」

「肺がんって苦しい病気でね、苦しそうなのに何にもしてあげられなくて。余命半年ですって言われて、母ちゃん頭真っ白になっちゃって。だってほら、中古だけどあの家買ったばっかりだったし、あんたもちっちゃいし、どうしようって。自分のことばっかり」

「……」

「抗がん剤治療が始まったら、本当に苦しそうで。吐きすぎて、血吐いたこともあった。

髪の毛が抜けて、痩せてきて、何にも食べられなくなって……お母さんに当たるようになったの。あんなに優しい人が、人が変わったみたいになって……。そのまま……」

南は後悔に顔をゆがめた。その目にはかすかに涙がにじんでいる。

「若かったからね……死ぬのがすごく怖かったと思う。あんたも可愛い盛りだったし……」

「……それが理由？」

南は小さくうなずいた。

母の思いは理解しつつも、志子田はあきらめきれない。

「母ちゃん。今は昔ほど副作用もきつくない。緩和ケアしながらやっていけば、それで寛解してる人もいるし。それに――」

さえぎるように南は言った。

「お母さんは、それができないほど悪いでしょ」

「……」

「いろいろわかってるよ。何度も考えた。先生にもいろいろ聞いたよ。お母さんだって死にたいわけじゃないよ」

言葉にならない感情があふれ出そうで、志子田の顔がぐしゃぐしゃになる。

「でもね、お母さんはね、病院じゃなくてあの家で、武四郎のことを頭に焼きつけながら逝きたい……」

「……」

「いつもどおりに」

顔中を涙で濡らし、志子田は絞り出すように言った。

「勝手すぎるよ」

「わがまま言って、ごめんね。でも、自分の死に方は、自分で決めたい」

母の言葉が心に刺さる。

自分を納得させるように何度も何度もうなずき、志子田は言った。

「……わかった」

涙でぼやけていく息子に、「武四郎」と南は優しく声をかけた。

「愛してるよ」

「……俺だって……大好きだよ、母ちゃん」

泣きながら、南は幸せそうに微笑んだ。

「食べよう」

母の笑顔を目に焼きつけるように見つめ、志子田は母に微笑んでみせる。

ようやく笑みを見せた息子に向かって、南はおしぼりを投げた。

「泣くな」

おしぼりで顔をぬぐい、志子田が言う。

「母ちゃんも泣いてんぞ。『泣くな』が家訓だろうが」

笑い合いながら、親子ふたりの時間がゆっくりと過ぎていく。

札幌に戻って一週間も経たずに、南はその生涯を終えた——。

※

告別式を終えた志子田が斎場を去ろうとしている植野のもとへと向かう。

「先生、お忙しいのに本当にありがとうございます」

丁寧に頭を下げる志子田に、植野が言った。

「立派だったよ」

「……はい」

「仕事はあとからゆっくりで大丈夫だからね」

「ずいぶん休ませていただいたんで、明日から行かせてください。そのほうが気もまぎれるんで」

うなずく植野にもう一度頭を下げ、志子田は祭壇のある部屋へと戻った。

ひとりきりになった志子田が、位牌を手に霊柩車の到着を待っている。

祭壇に飾られた母の遺影に目をやり、棺桶へと視線を移す。

「……」


志子田家の居間に喪服姿の矢野、桃子、河本が集まり、出前のそばを食べている。

「ごちそうさま」と箸を置いた河本を見て、志子田が言った。

「残してんじゃん」

「……ごめん」

「まあ、お骨の待ち時間に寿司も出たしな」

河本同様、桃子のそばも減っていない。

重い空気を断ち切るように矢野が明るく言った。

「残ったら俺が食うよ」

志子田は幼なじみを見回し、言った。

「……ありがとな、みんな」

「……」

「そうだ」と立ち上がり、廊下に置いてあった紙袋を桃子に渡す。入っていたのは赤ちゃんのおくるみ。南からの手書きのメッセージが添えてある。

『桃ちゃん。元気な赤ちゃんを産んでね。母親になるのも、悪くないわよ』

おくるみを見つめながら、桃子がつぶやく。

「……たけちゃん、ごめん」

顔を上げ、志子田を見ながらもう一度謝る。

「本当にごめんね」

「わかってるよ。母ちゃんに口止めされてたんだろ。つらかったよな。ごめんな」

「……」

桃子と河本が帰り、志子田と矢野はふたりきりになるとビールを飲みはじめた。

「……しばらく俺、ここにいようか」

矢野の気づかいに、「いいよ」と志子田は苦笑する。

「ま、幽霊は嫌いだけどさ、母ちゃんは絶対幽霊とかならねえだろ。あんな好き勝手生きたんだからさ」

「……なんかあったら俺もいるし、河本も桃子も。植野先生も」

「わかってるよ」

「……」

「悠太、大丈夫だから。落ち込んでると母ちゃんに怒られんだろ」

そう言って、志子田はビールを空けた。


降り積もった雪が札幌の街を白く化粧した日、志子田は病院に復帰した。

入口に記されたＰＩＣＵの文字を見て大きく一つ深呼吸し、フロアへと入っていく。

「おはようございます」

医局にいた植野、綿貫、今成、羽生が振り返る。

「香典もお花も、本当にありがとうございました。あの、これ」と志子田は紙袋から菓子折りを取り出し、テーブルに置く。

「そんな、いいのに」と綿貫。志子田は羽生にも一つ差し出す。

「看護師のみなさんに」

「すいません」

コーヒーカップを手にした今成が「しこちゃん」と歩み寄る。「無理すんな。なんでも代わるぞ。俺、意外となんでもできちゃうから。あ、意外じゃねえか。ハハ」

「ありがとうございます」

笑みを返し、「着替えてきます」と志子田は医局を出ていく。

普通に振る舞おうとする志子田を皆が心配そうに見送った。

白衣に着替えた志子田がＰＩＣＵに入ると、光と大輝がスマホアプリでお互いの写真を加工し合い、ケラケラと笑っていた。

元気そうなふたりの姿に、志子田の表情がゆるむ。

「しこちゃん先生」

志子田に気づき、ふたりが同時に声をあげた。

「おはよう」

「先生、久しぶり！」と大輝がうれしそうに言い、「飽きた～、もう退院したい」と光は顔をしかめてみせる。

「え～」

大輝がスマホを志子田に向け、シャッターを押す。加工されてヘン顔になった志子田の写真を見て「キャハハ」と吹き出す。

「？」とスマホを覗き、「おい」と志子田は口をとがらせた。

「カッコよく撮ってよ」

「何それ、俺にも送って！」

にぎやかな様子を遠巻きに眺めながら、綿貫が隣の植野に言った。

「志子田先生、大丈夫なんでしょうか？　こんなに早く仕事に戻って」

そのとき、植野の院内スマホが鳴った。

「はい、ＰＩＣＵです……ＥＲに小児。患者の様子を教えてください」

植野の声を聞き、志子田はベッドから離れた。


志子田が救急救命科に駆けつけると、矢野が救急隊員から患児を引き受けているところだった。

「奥野紀來《おくのきら》ちゃん、九歳。発熱と喘息《ぜんそく》発作を起こし、自宅近くで倒れていました」

真っ青な顔で引きつるように呼吸している紀來に矢野が声をかける。

「紀來ちゃん、聞こえるかな？」

しかし、紀來からの返事はない。

東上がアンビューバッグを口に当て、「すぐルートとって」と指示。矢野が血管に針を刺し、ルートを確保する。

脈をみていた志子田が東上と顔を見合わせる。

「……呼吸止まってます」

矢野がモニターを確認し、言った。

「サチュレーション八〇切ってます」

気管支喘息重積《きかんしぜんそくじゅうせき》が急速に増悪していると判断した東上は、矢野や志子田にテキパキと処置を指示していく。


「喘息の発作がかなりひどかったようで、酸素飽和度もかなり低く、呼吸がうまくできていない状態です」

ミーティングルームに集まった一同の前に立ち、志子田が新たにPICUに受け入れた紀來の病状を報告している。

ホワイトボードに貼られたレントゲン写真を見て、今成が言った。

「レントゲンが真っ黒だ。肺も過膨張してる」

「気管支喘息重積は命に関わります。慎重に呼吸管理しましょう」

「はい」と志子田が植野にうなずく。

カンファレンスを終え、志子田はＰＩＣＵへと戻った。聴診していると、紀來がゆっくりと目を開けた。

「紀來ちゃん、わかる？」

志子田を見て、紀來は小さくうなずいた。

「おうちの前で倒れてて、紀來ちゃん、ここに運ばれてきたんだよ」

「……」

横から根岸が優しく言った。「パパ、こっちに向かってるからね」

その途端、紀來はビクンと身を起こし、「ダメ！」と叫んだ。

「絶対ダメ！」

「紀來ちゃん？」

「帰る！」と口を覆っていた酸素マスクを外し、点滴を抜こうとする。

「ダメだよ、紀來ちゃん」と志子田が慌てて紀來を押さえる。「ちょっと落ち着こう」

それでも紀來は暴れつづける。

「今成先生、呼んでください」

「はい」

医局に戻った志子田が、植野たちに先ほどの出来事を報告している。

「今成先生にミタゾラムを静注していただき、眠ってもらってます」

「……お父さんに来てほしくないから、暴れちゃったってこと？」と皆の考えを代弁するように羽生が言った。

確認するように綿貫が続く。

「気管支喘息重積になったってことは、少なくとも二十四時間前から発作が始まってたってことですよね」

「親は何やってたんだ」

憤る今成に矢野が答える。

「シングルファザーのようでして」

「ネグレクトの可能性は？」とすかさず綿貫が訊ねる。

「身体に虐待を疑わせる所見はありませんでした」

「児童相談所に通告履歴があるかもしれません」

植野に反応し、「確認してみます」と河本がデスクのパソコンへと向かう。

そこに根岸が入ってきた。

「今、紀來ちゃんのお父さんがいらっしゃいました」

作業着姿の紀來の父親を連れ、志子田はＰＩＣＵへと入る。酸素マスクで顔を覆われ、点滴のチューブにつながれた娘の姿に、父親は一瞬がく然となる。

「紀來……」

そんな父親を安心させようと紀來は笑ってみせた。

「大丈夫か？……ゼーゼー出ちゃったか？」

「うん。でも、大丈夫」

「大丈夫だったらこんなことにならないだろ……」

「もう元気だよ。すぐおうち帰れる。もう帰ろう」

「そんなこと言ったって……」

見守っていた植野が父親に声をかけた。

「奥野さん、少しいいでしょうか」

「はい」

植野が父親を連れ、ＰＩＣＵを出ていく。見送った紀來が身体を起こした。

「もうパパ来たから、帰らせて」

「まだちょっとむずかしいな」と志子田が応える。「もう少ししっかり休まないと」

「もう大丈夫」

「今、紀來ちゃんにこれとこれがついてるでしょ」と矢野が酸素マスクと点滴チューブを指さす。「それが取れないとここからは出られないんだよ。だから、もう少し我慢してくれるかな?」

「……わかった」


廊下のベンチで植野と紀來の父親が向き合っている。植野の問いに、父親は気色ばんだ。

「俺がひとり親だからですよね? 虐待してるってそう言いたいんですよね?」

「そうじゃありません」

「俺だって、仕事はたしかに大変ですけど、ちゃんと朝と夜はあいつを見ているつもりだったんです」

「紀來ちゃんはおそらく二十四時間近く発作状態にありました。ずっとひどかったわけじゃないでしょうが、それでも苦しかったはずです」

植野の言葉に父親はショックを受ける。

「お父さん、紀來ちゃんの顔をしっかり見てあげてましたか」

「……」

照明の光量が落とされたＰＩＣＵのフロアを羽生が見回っている。目を見開き天井を見つめている紀來に気づき、声をかける。

「紀來ちゃん、そろそろ寝ようか」

「……眠れない」

「そっか」

「カーテン閉めて」

「わかった。何かあったら教えてね」

羽生は紀來のベッド周りのカーテンを閉めると、ナースステーションで待機中の猿渡に報告する。

「紀來ちゃん、眠れないそうなので、カーテン閉めてます。モニターチェックしてくださいね」

「わかりました」

医局のテーブルで向かい合い、志子田と矢野がテイクアウトの牛丼を食べている。話題はどうしても紀來のことになり、「虐待なのかなあ」と矢野がつぶやく。

「どうだろな。でも、シングルだから虐待って思われるのは、なんか嫌だな」

母ひとり子ひとりで生きてきた志子田の思いは痛いほどよくわかる。

「そうだな」とうなずき、矢野は紀來へと思いを馳せる。

「喘息の発作を二十四時間も我慢して、苦しかっただろうな」

「……」

そのとき、志子田の院内スマホが鳴った。

応答しながら立ち上がり、志子田の足はすでにＰＩＣＵへと向かっている。すぐに矢野もあとに続いた。

ベッドで身を起こし、苦しげにあえぐ紀來のもとへと駆け寄り、志子田が声をかける。

「紀來ちゃん、大丈夫かな？」

「状況は？」と矢野が猿渡に訊ねる。

「自分でマスクと点滴を外しちゃって」

困惑気味に猿渡が答える。点滴を抜いた紀來の腕は出血しており、シーツも赤く染まっている。

「マスクお願い」と志子田が矢野に指示を出し、ひきつったような呼吸をくり返す紀來をベッドに横たわらせる。

「胸の音、聞くよ」

淡い朝の光が照らす紀來の寝顔を枕もとに座った志子田が眺めている。点滴を抜いてまで家に帰りたかった紀來の思いを、ひと晩ずっと考えていた。

まぶたがかすかに動き、やがて紀來が目を覚ました。

「おはよう」

「……」

「紀來ちゃん……どう？　呼吸は苦しくない？」

紀來はかすかにうなずいた。

「よかった」

「……」

「パパに心配かけたくなかった？」

ふたたび紀來がうなずく。

「どうして？　怒られたりする？」

「違う」

「……もしかして、迷惑かけたくなかったのかな？」

紀來はコクリとうなずいた。

「パパはね、迷惑だって思わないと思うよ」

「だってお仕事忙しいのに、パパはおうちのこと全部やってる」

「そっか。パパ優しいいんだね」

紀來は微笑み、言った。

「いつもお仕事の前に紀來の髪、結んでくれる。大きいおかずくれる」

「最高のパパじゃん」と志子田も微笑む。「うらやましいな」

「うん。……先生のパパは？」

「先生のパパはね、先生がちっちゃいときに亡くなっちゃってね。だから、お母さんしかいなかったんだけど、最高のお母さんだったよ」

「そうなんだ」

「紀來ちゃん」

諭すように志子田は優しく語りはじめる。

「もしまた苦しい発作が起きたら、もう我慢しちゃダメだよ。もし先生が紀來ちゃんのパパだったら、迷惑をかけられるより、紀來ちゃんが自分の知らないところで倒れて、苦しい思いをしてるほうが悲しいと思うんだよ」

「……」

「ちゃんと話してくれていればこんなことにならなかったのにとか、もっと早く気づいてあげたかったとか、後悔することになるでしょ？」

「……」

「だから、もう我慢しちゃダメ。紀來ちゃんがパパのことが大好きなら、なおさらちゃんと言ってあげて」

「うん」

素直にうなずいた紀來に、志子田は微笑む。

「うん」


朝イチでＰＩＣＵを訪れた紀來の父親が、「ごめんな」と涙ぐみながら謝っている。

「気づいてあげられなくて、ホントごめん」

「ううん」と首を横に振り、紀來は言った。「早く元気になるね」

娘の言葉に父親は思わず涙する。

そんな父娘の姿を、志子田が穏やかな表情で見守っている。

「しこちゃん、紀來ちゃんの心をよく開かせたな。表情がガラーッと変わったもんな、あの子」

昼食のカップラーメンを食べながら、今成は感心しきりだ。

「彼は、今のうちには不可欠な人材です」と植野が太鼓判を押す。

自席で弁当を食べていた綿貫が、「最初がマイナスから入ってるから余計そう見えるのかもしれないですけどね」と辛辣に返す。

「綿貫先生は相変わらず厳しいな」と笑いながら羽生が言った。「さすがに一人前にはなったんじゃないですか？」

「まあ……ギリギリ一人前ってことで」

「きっつ〜」

みんなの笑い声を聞きながら、植野はある種の達成感と感慨にふける。

※

廊下の向こうから折り紙で作った花束を持った優里が笑顔でやってくる。病室の前、ベンチに座る真美子を見つけ、「おばちゃん！」と声をかける。

顔を上げた真美子がニコッと優里を迎えた。

「優里ちゃん、ありがとうね。なか、入ってあげて」

うながされ、優里は病室へと入る。隅に立っていた父親に頭を下げ、ベッドの前へと進もうとした足が止まった。

「ん？……」

ベッドに横たわる圭吾にはまるで表情がなかった。目は開いているが光はなく、ガラス玉のようだ。

「……圭吾？」

「ごめんね、優里ちゃん」と背後から真美子が言った。「圭吾、もうしゃべれないの」

「……」

真美子が圭吾の耳もとに顔を近づけ、声をかける。

「圭吾〜、優里ちゃん来てくれたよ」

しかし、圭吾の表情は微動だにしない。

優里はぼう然とその場に立ち尽くした。

ＰＩＣＵを出た志子田が廊下を歩いている。角を曲がり、壁際に立っている赤いコート姿の少女に目を留めた。

「優里ちゃん……どうして？　ひとりで来たの？」

優里は志子田に言った。

「先生の嘘つき」

にらむように志子田を見据える目には涙が溜まっている。

「……」

「圭吾に会った」

「……」

「函館に帰ってきたのは元気になったからって言ったじゃん」

その大きな目から涙がこぼれる。

「圭吾、死んじゃうんでしょ？　なんで見捨てちゃったの？　お医者さんなら治してよ」

「……ごめんね」

小さな身体を悲しみで満たし、優里はすすり泣いている。

そんな優里に向かって、志子田は深々と頭を下げた。

「……本当にごめんなさい」

デスクで志子田が事務仕事をしていると、植野が医局に入ってきた。志子田は立ち上がり、言葉を待つ。

「優里ちゃん、ひとりで電車に乗ってきたそうです。先ほど、札幌のおじいさんが迎えにいらっしゃいました」

「……ありがとうございます」

「圭吾くんの病状、僕も函館の先生から聞きました」

志子田の口からポロッと思いがこぼれた。

「医者って……なんなんですかね？」

「……」

「わからなくなってしまいました……」

「……」

「……圭吾くん、本当にあのまま、函館に帰してよかったんですかね？」

「僕たちにできることは、あれ以上なかったと思うよ」

「……」

「僕も医者として情けないんだけど……」

苦渋の表情を浮かべる植野を見て、志子田はハッと我に返った。

「あ、いや、すいません。変な話して。ありがとうございます。もう大丈夫です。明日からまた、しっかりと頑張ります」

ふたたびデスクにつきパソコンに向かう志子田に目をやるも、植野はそれ以上何も言わず、医局を出ていく。


翌朝、植野がＰＩＣＵに入ろうとしたとき、スマホが鳴った。出ると、札幌共立大学の渡辺からだった。

「鮫島知事から話は聞いてますよね？」

「はい」

「あなたは東京に戻る人です。ここは我々に任せるのが賢明じゃないですか？」

「……」

「ＰＩＣＵをうちの人間に譲ってくれさえすれば、丘珠にドクタージェットを常駐させられるんですよ。北海道の子どもたちのことを最優先に考えてくださいね」

「……はい」

医局に入った植野は志子田のデスクがきれいに整頓されているのを見て、嫌な予感を覚えた。科長室に入り、その予感が的中したことを知る。

デスクには『退職願』と書かれた封筒が置かれていた——。

# 10

「武四郎！」

矢野が志子田家のドアを激しく叩いている。

無断欠勤し、携帯にも出ない幼なじみを心配し、皆で駆けつけたのだ。

矢野の後ろから河本も桃子も叫ぶ。

「いるんでしょ！」

「たけちゃん！」

ドアの向こうから力ない声が聞こえてきた。

「ごめん……ひとりにしてくれ」

「……」

ノックをしていた手を矢野はゆっくりと下ろした。

翌日になっても志子田は出勤してこなかった。

ミーティングルームにスタッフ一同を集め、志子田から退職願が出されていることを植野が打ち明ける。

ショックを受けつつ、矢野が植野に言った。

「今、本人も混乱してると思うので少し休ませてやってください。俺、代わりにシフトに入りますので」

矢野に続いて河本も頭を下げる。

「私からもお願いします」

植野は悔恨をにじませながら、ふたりに言った。

「いや、これは上長の私の責任です」


気がつくと夜も深い時間になっていた。志子田は、何も食べていないなと冷蔵庫を開けたが、まるで食欲が湧いてこない。

冷蔵庫を閉めたとき、テーブルに置いていたスマホが鳴った。

『山田《やまだ》先生』の表示に一瞬首をかしげるが、すぐに稚内の病院の老医師だと思い出す。

「……はい」

「あー、お久しぶりです、山田です。稚内の。鏡花ちゃんのときに、お世話になった」

「先生、どうされました?」

「実はですね、七歳の子どもなんですけど、学校からインフルエンザをもらってきちゃって。ちょっと心配な愁訴《しゅうそ》がありまして、お話を聞いてもらいたくて電話をしたんです」

「ちょっと待ってくださいね」

志子田は急いで自室に戻り、デスクに座って、メモ帳を出した。

「お願いします。心配な愁訴というのは」

「少しぼーっとしてましてね、ときどき変なことを言うんですよ。インフルエンザ脳症をちょっと懸念してまして……」

「痙攣を起こすといけませんので薬剤の準備と、症状が治まらなかった場合の搬送先の見当をつけておいたほうがいいと思います」

「なるほど……わかりました。どうも、本当にありがとうございました」

「また何かありましたらご連絡ください」

「いやぁ、心強いよ」

山田からそんな言葉をかけられ、志子田は戸惑う。

「いや……失礼します」

電話を切った志子田は山田の声を反芻《はんすう》しながら、メモを見つめる。

やがて、何かを決意したように立ち上がった。

バッグを背負い、家を出ると、志子田は舞い落ちる雪のなかを歩きだした。

※

翌日、病院に検診にきた桃子に矢野がおずおずと告げた。

「……あいつ、家にいないっぽい」

「え」

河本も初耳だったから「何それ」と顔をしかめる。「大丈夫なの」

少し考え、桃子が言った。

「私、車出すよ。ふたりは仕事かもしれないけど、捜す」

「桃子はお腹の子どものことだけ考えて」と矢野が止める。「予定日過ぎてるんでしょ」

「……」

河本が矢野をうかがい、言った。

「……悠太、怒ってるでしょ。すごく」

たしかに怒ってはいた。しかし、それは志子田に対してではなかった。

「……」

科長室を羽生が訪れている。淹れてもらったコーヒーをひと口飲み、植野は言った。

「……志子田くんと話したんです。彼は僕に言いました。医者ってなんなのか、わからなくなったって。僕はね、なんて返していいのかわからなかった。だから、はっきりとは答えなかったんです。でもそれは、お母さまを亡くしたばかりの彼には、無神経だった。真っすぐな若い医師のこれからを、僕が潰してしまったんです」

「……考えすぎです」

「ここに来て、僕ができたことってなんでしょうね。丘珠空港にドクタージェットを常駐させることも叶わない。道内のほかの病院の理解も得られない……ダメですね」

自嘲の笑みを浮かべる植野に、そんなことはないと羽生は首を横に振った。


病院前に積もった雪を山田がかいていると目の前に車が停まった。

「ここ、病院だから。行っちゃって」

しかし車は動かず、ドライバーが降りてきた。シャツ一枚で寒そうに背を丸めた青年がペコリと頭を下げる。

「あ！　志子田先生！」と山田は驚く。顔を覆っていたマフラーを外し、「山田」と自分を指さす。志子田は苦笑しつつ、もう一度ペコリ。

「え？　札幌から来てくれたの？」

「あ、はい」

「いやいや、どこでも停めちゃって。じゃあ、こっち停めようか」と山田が車の移動をうながす。


診察室に志子田を招き入れ、山田はお茶の用意を始める。がら空きのベッドを見て、申し訳なさそうに志子田が言った。

「すいません。遅かったですよね」

「いやいや、先生のおかげですっかり明け方には熱も下がって、さっき帰りました」

そう言って、山田は座るように志子田をうながす。

「すいません。お忙しいと思いますので、すぐお暇《いとま》しますので」

「なして。ゆっくりしてってくださいよ。前回は日帰りだったし。はい、お茶」と山田は急須と湯飲みの載ったお盆を志子田に渡す。

「先生こそ夜通し運転して、お腹すいたでしょ。朝ご飯食べましょう」

目の前に出された塩ラーメンに志子田は目を丸くした。

朝からラーメン……しかも、ホタテ入り。

「ホタテのラーメン、よく作るんですよ」

「はあ」

ラーメンをすする志子田を見ながら、山田が言った。

「君、今、暇《ひま》でしょう。ちょっとさあ、手伝ってよ」

キョトンとする志子田に、「はい、これ」と山田が白衣を渡す。

食事を終えた志子田は白衣を羽織ると、言われるまま雑然とした診察室を整頓し、大量の資料を整理していく。

「足が悪くて、いろいろ溜めちゃって。すまないね。あ、終わった？　じゃあ、次これね」と山田がデスクに新たな資料の束を置く。

「看護師さんも歳だから頼めなくてね。すまないね」

デスクにつきながら、志子田が言った。

「先生、あまりすまないと思ってませんよね」

「思ってるよ。あと、便利で助かるなあとは思ってる」

「そっちの雰囲気、すっごい感じます」

病院のなかには山田が暮らす居住スペースがあった。居間のコタツで向かい合い、志子田と山田が寄せ鍋をつついている。

ふたりは黙々と食べていたが、やがて山田が口を開いた。

「何かありましたか？」

「はい？」と志子田が顔を上げる。

「いや、子どもが心配で来てくれたんでしょうけど、なんか晴れない顔をしてますね。この辺りの天気みたいに」

「……先日、母が亡くなりまして」

「……それは……」

「癌でした」

「……」

「母は最後まで癌の治療を拒否して、緩和ケアと呼べるかどうかもわからないような鎮痛剤を打って、あっという間に亡くなりました」

「……」

志子田は淡々と話していく。

「ま、悲しいのは悲しいんですよ。でも、『泣くな。泣くと余計につらくなる』っていうのがうちの家訓でしたので、涙も出ませんし、なんというか、親が死んでもこんなもんなんだなあっていうのが、今の感想です」

「うん」

「僕は……息子としても医者としても、母に何もしてあげられなかったんです。でも、じゃあ医者として患者さんに何かできることがあるのかというと、そんなこともない」

志子田は箸を置き、とりとめもなく話を続ける。

「生きる希望を持ちはじめた男の子が、今、函館で……命が危うい状況で……。一度、助かるかもしれないと思った子が、やっぱりダメかもしれないって思う気持ちは……どれくらい……」

言葉が見つからず、志子田はしばし黙り込む。

「……なんかすみません、こんなベラベラと」

「いやいや。関係ない人には話しやすいからね。続けて」

「……病院に辞表を出しました」

「……」

「これからどうすればいいんでしょう。何に向かって働いていけばいいのか、何に向かって生きていけばいいのか……。わからないんですよ」

山田は立ち上がると、足をひきずりながら志子田のもとへ行き、その頭を抱えた。強く抱き寄せられ、「先生？」と志子田は戸惑う。

「先生？　僕、臭いですよ。お風呂数日入ってないんで」

山田は頭の匂いを嗅ぎ、言った。

「うん、本当だ。生きてるからね、君は」

「！……」

「僕も、君たちが来てくれたあと、声をあげて泣きましたよ。次は君の番かもしれないね」

山田の腕のなかで、志子田の身体が震えはじめる。

ずっと抑えてきた何かが身体の内側から衝きあがり、くぐもった声が食いしばった口から漏れ出していく。

「君は、子どもが心配でここまで来たんだ。大丈夫。立派な医者だよ」

志子田は声をあげて泣きはじめた。

母を亡くしてから、初めての涙だった。

※

一般病棟に移るため車イスに乗せられた大輝と光に、「よかったね」と河本が声をかける。「ふたりとも同室だって」

「それはいいんだけどね」

つまらなそうな大輝に応じ、「しこちゃん先生いないね」と光が続ける。

「いなーい」

看護師たちがふたりの車イスを押し、その横を矢野と河本が並んで歩く。

「志子田先生は少しお休みなの」

矢野の声に反応し、紀來がベッドから身を乗り出した。

「いつまで？」

「人気だねえ、志子田先生は」と河本が微笑む。

「じゃ、これ渡しといて」

大輝が矢野に手渡したのは、アプリで加工した自分たちと志子田の写真だ。

「うん、渡しておく。これ見ると元気になるね」と笑いながら矢野が応える。

紀來を診ていた綿貫が、「じゃあね」とふたりを見送る。

「また来たらよろしくね！」

明るく返す大輝に、綿貫がツッコむ。

「来なくていい！　というか」とかがんで視線を合わせ、真顔で言った。「来ちゃダメ。また怪我しないように今度は気をつけて遊んでね」

「はあい」

ふたりとパチンと手を合わせ、綿貫は微笑んだ。


羽生から預かった志子田の参考書を医局のデスクの上に戻し、矢野は積み重なった郵便物のなかの一通の手紙に目を留めた。何げなく手にとり、差出人を見る。

「……」


山田病院の診察室で、志子田が老夫婦を診ている。

「山田先生は？　死んじゃった？」

楽しげに訊いてくる妻に、「死んでないですよ」と志子田が柔らかな口調で返す。「訪問診療に行ってるので、僕が代わりにお手伝いを」

「あんた、この辺りの人じゃないね」

「わかります？　札幌です」

「都会って感じする」

ベッドに腰かけていた夫が、「そうか？　そうでもないだろ」と口を挟む。


「稚内!?」

河本のすっとんきょうな声がミーティングルームに響く。

「ここから五、六時間はかかる」と東上がつぶやく。

植野がうなずき、一同に言った。

「神崎鏡花ちゃんの件でお世話になった稚内の山田病院に今いるそうです。先ほど先生からお電話が」

稚内とは驚いたが、とにかく志子田の居場所がわかり、皆は胸を撫でおろす。

「植野先生、住所教えてください」と矢野が申し出た。「俺、あいつに渡したいものがあるんです」

植野は矢野にうなずいた。

日はすでに暮れかけているが雪はまだチラホラ舞っている。志子田が入口脇に置かれた大きな木箱を移動させていると、「武四郎」と声をかけられた。

振り向くとしかめっ面の矢野が立っていた。

「悠太」

「お前、電話くらい出ろよな」

「あ」

「手伝うよ」と矢野が木箱に手をかける。

「サンキュ」

「なんでこれ運んでんの」

「わかんね」


居間へと招き入れられた矢野がコタツで山田と向き合っている。その横で志子田はいそいそとお茶の用意。そんな志子田に矢野が言った。

「お前、よくそんな勝手に他人様の家でお茶出せるな」

「え」

「そうだよね。僕もそう思ってた」と山田がうなずく。

「え？　先生が好きに使ってくれって」

「言葉のあやだろ」と矢野はあきれる。

「そういうのは、はっきり言ってもらわないとわかんないな」

「そういうとこだぞ、お前は」

「そんなわけで」と山田は上着を手にした。「私、銭湯に行ってきます。うちのお風呂寒いから」

昨夜、震えながら髪と身体を洗った志子田が、「え」とうらめしげに山田を見る。

「このままでいいからね。何も片づけないでいいから。鍵もかけなくていいから。で、好きなときに出ていって。ね」

山田はそう言って居間を出ると、二人を軽く振り返って眺め、笑みを浮かべながら去っていった。

山田が居間を出ていくと、矢野は志子田に向き直った。

「武四郎、これ読んでくれ」と手紙を渡す。

志子田は裏に記された名前を見て、慌てて封を開けた。

それは圭吾からの手紙だった。

「悪い。先に読んだ」と矢野が告げる。

必死に書いたのだろう。便箋にはたどたどしい文字で切実な想いが綴られていた。

『しこちゃん先生。忙しいと思いますが、どうか僕に会いに函館に来てください』

「……」

「とりあえず、行くぞ。そうしないと、お前死ぬまで後悔する」


「植野先生、ちょっと」

浮田に呼ばれ、植野はＰＩＣＵを出た。

廊下に立っていたのは渡辺だった。

「……渡辺先生、どうしてこちらに?」

渡辺は真剣な顔で植野に訊ねた。

「志子田先生はどこですか」

「は?」


志子田の車を矢野が運転し、ふたりは雪が舞う夜の道を一路函館へと向かっている。

スマホが鳴り、矢野が言った。

「武四郎、取って」

「なんでだよ」

「運転してんだから、大事な電話だったらどうすんだよ」

志子田がシート脇に置かれた矢野のスマホに手を伸ばす。

画面には『植野先生』と表示されている。

「誰？」

「植野先生」

スマホはまだ鳴りつづけている。

「早く出ろよ。仕事の話だろ」

「でも……」

「でもじゃねーよ。早く出ろって」

スピーカーボタンをタップし、志子田は言った。

「はい、矢野です」

「志子田くん」

一発でバレた。

「……はい」

「君ね、いつの間になんてことしてくれたんですか」

「はい？」

植野が電話をしているのは会議室だった。渡辺のほか五、六名の医師がおり、侃々《かんかん》諤々《がくがく》と議論をしている。

隅では今成が資料をまとめ、それを河本が配っている。

「君からの質問攻めのメールが止まって、心配して何人もの先生がいらっしゃってます。圭吾くんの件、こんなにたくさんの先生に相談していたんですね」

「……」

電話を終えた志子田に、矢野が言った。

「カッコつけやがって」

「何が」

「先生に内緒で圭吾くんの感染症調べてるって、カッコつけ以外の何物でもないだろ」

「べつにそんなんじゃねーよ」

「お前はいっつもそうだよ。俺たちにカッコつけて。でも、大体バレてんだからな。お前、ダサいんだよ。ベースが」

「なにお前、ケンカ売ってんの？」

「売ってるわけねーだろ。これから明日の朝までふたりっきりなのに」

「んだよ、その言い方」

「怒ってんだよ、自分に。俺はお前にいろいろ気をつかってるつもりで、結果なんにもしなかった。お前がバカでダサくて、カッコつけだってわかってたのに」

「……」

「大丈夫なわけないのに。お前がいろいろギリギリだってわかってたのに。俺が……俺だけは、絶対お前に気づくべきだったのに」

「もういいから」

「……お前が調べてた、圭吾くんの感染症の件だけど」

「え」

「調べてたんだろ。お前の見解、教えてくれよ」

志子田はおもむろに語りはじめる。

「……膠原病《こうげんびょう》の可能性があると思ってさ、札幌共立大の渡辺先生に二〇一二年の論文の件で連絡してみたんだ」

それぞれ自分の見解にプライドのある医師たちの議論は白熱し、なかなか収拾がつかない。熱を冷ますべく、今成が休憩を入れた。

会議室の片隅に用意されたコーヒーを取りにきた渡辺に植野が声をかけた。

「先生にも志子田くんが連絡をとっていたなんて、驚きです」

カップにコーヒーを淹れながら渡辺が返す。

「彼は何にも知らないんだなとメールを読んですぐわかりました」

「すみません……でも、先生がどうして力を貸してくださるんですか」

「あなたは勘違いしている。私たちは医者なんです。具体的な患者のことになれば、力を貸します。あれとこれとは話が別ですから」

自分の席へと戻っていく渡辺を、植野は複雑な顔で見送った。

「……」

※

朝、函館に到着するや、開院と同時に志子田と矢野は圭吾の病室に向かった。

真美子に続き、ふたりが病室に入る。

ベッドに力なく横たわる圭吾のもとへと歩み寄り、志子田が声をかける。

「圭吾くん。ごめんね、遅くなった」

志子田の顔をまじまじと見つめ、圭吾がつぶやく。

「すごい……来た」

「うん」と志子田が圭吾の目を見て、うなずく。

「ねえ」

「どうした」

「俺、先生の病院に戻りたい」

「……」

「やれるから……連れて帰って」

かすかな、でも力強い言葉だった。

志子田はシーツから出た圭吾の左手を両手で握る。

「俺、絶対死にたくない」

握った手から力が伝わってくる。

「よし……わかった」

圭吾の目に光が戻り、口もとに笑みが浮かぶ。

「……さすが」

志子田も圭吾に微笑み返す。

心を射抜かれたように、矢野がそんなふたりを見つめている。

病室を出て、廊下を並んで歩きながら志子田が口を開いた。

「悠太」

「ん」

「俺、ちょっとこっち残るわ」

「わかった」


翌日から志子田は圭吾の病室に通いつづけた。

朝いちから真美子と一緒に付き添い、眠っている圭吾の枕もとで自分の失敗談などとりとめのないことを話す。

圭吾が目を覚ましたときは必ずそばにいて、真っ先に声をかける。

「……おはよう」

「おはよ」

起きていても眠っているようだった圭吾は、明らかに変わった。

表情が豊かになり、わずかだが志子田と会話を交わすようになった。

ついにはずっと口にすることすらできなかった病院の食事を、力を振り絞って、ひと口だけ食べた。

そんな息子の姿に、真美子は感激のあまり瞳を濡らす。

五日間、圭吾とともに過ごし、志子田は札幌に帰った。


「失礼します」と科長室に入り、志子田は植野の前へと進み出た。

「本当にすみませんでした」

深々と頭を下げる志子田に首を振り、植野は訊ねた。

「圭吾くん、どうでしたか」

「依然、危険な状態であることは事実です。ただ……圭吾くん、昨日自分でご飯を食べたんです」

「大きな一歩だと思います」

「はい」と志子田も強くうなずく。「彼はまだここで治療したいと思っていました」

「浮田先生、今成先生が中心になって、いろんな先生の意見をサマリーにまとめています。我々ももう少しだけ検討してみますから」

「ありがとうございます」

「志子田くん」

「はい」

「スクラブに着替えてきてください」

「……はい」

植野の言葉を噛みしめ、志子田はもう一度頭を下げた。

『PICU』とプリントされたスクラブを志子田が感慨深く見つめていると、河本がいきなりロッカールームのドアを開けた。

「もー、どこほっつき歩いてんだ、バカ！　バカ四郎！」

「パンツです！」と志子田は慌てて、ズボンを上げる。

「そんなことどうでもいいから早くこい！」

「は、はい」

早足で廊下を進む河本を、志子田が急いで追いかける。

「桃子、昨日から入院してるの」

驚く志子田に河本は続けた。

「前期破水《はすい》したみたいだけど、まだ産まれてない」

「陣痛促進剤《じんつうそくしんざい》は」

「使ってる。ずっと、武四郎のこと呼んでる」

志子田は産婦人科に向かって駆け出した。


「桃子！」

個室の扉を開けた途端、「あーーーー！」という桃子の雄叫びが聞こえてきた。

「違う違う！　下下下下、もっと下だってば！」

「え？」と志子田は河本と顔を見合わせる。

桃子の背中をテニスボールで押しながら、「すいません、すいません」と謝りつづけているのは夫の翔だ。

「水、水、翔ちゃん、水持ってきて！　死ぬ～」

慌てて翔はペットボトルを桃子に差し出す。

「桃ちゃん、水」

「ストローー！！！」と叫びながら、桃子は翔の頭にクッションを叩きつけた。

「ストロー、ストロー……」

翔がベッドから離れ、桃子は入口の前に立つ志子田に気づいた。

「武四郎」

汗に濡れた髪を顔に貼りつかせたまますごい形相でにらまれ、「はい」と志子田はその場に固まる。

「いつまでウジウジウジウジしてんだ！　今までどこにいたんだよ、バカ！」

「すいません」

「南ちゃんが安心して天国に行けないでしょうが！　南ちゃんがどんだけたけちゃんを応援してたか！　母親の気持ちも少しは考えろ、バカタレ！」

ぜえぜえとあえぐ桃子にストローを差したペットボトルを渡しながら、「桃ちゃん、もうそれくらいにしておこう」と翔がなだめる。

「翔ちゃんのバカ！」

痛みに耐えきれず、桃子は理不尽な怒りを夫にぶつける。

「桃子、大丈夫か」

志子田に言われ、桃子はキレた。ベッドから飛び降り、「武四郎は自分の心配しろ！」と胸倉をつかみ、鬼のような顔で詰め寄ってくる。

「医者辞めようとか思ってんじゃないでしょうね！　南ちゃんが許さないからね、そんなの！」

壁際に押しつけられ、志子田は桃子のなすがままだ。

「私が元気で可愛い赤ちゃん産むんだから！　見て、いろいろ反省しろ！　小児科医だろ！　私の子どもの命もかかってんだよ！」

がんがん揺さぶられ、志子田はうなずくしかない。

「痛い痛い痛い」とふたたび悲鳴をあげはじめた桃子を、翔が支え、ベッドへと戻す。

いつの間にか入口には矢野の姿もあった。

罵倒されながらも懸命に桃子をいたわる翔の姿を、幼なじみの三人が温かな目で見つめている。


分娩室の前で待ちながら、矢野がつぶやく。

「お母さんってすごいな」

「うん」とベンチに座った河本がうなずく。

「そして旦那さんってすごい」

「うん」

志子田がベンチに腰を下ろそうとしたとき、分娩室から元気な産声が聞こえてきた。

「！」

個室に戻った桃子を志子田、矢野、河本が囲んでいる。

南から贈られたおくるみに包まれた娘を愛しげに抱いていた桃子が、ふと志子田へと視線を移した。

「たけちゃん、いつ帰ってきたの？」

「……覚えてないの？」と志子田は絶句した。

「何が」

「さっき会ったよ」

「全然覚えてない」

「まあまあ」と間に入った翔が微笑む。

あらためて桃子の腕のなかの赤ちゃんを覗き込み、河本は顔をほころばせた。

「ちっちゃい。可愛い」

「……ヤバい。泣く」と矢野は目を潤ませている。

「武四郎くん、抱っこしてみて」と翔が志子田をうながす。

桃子が立ち上がり、志子田にそっと赤ちゃんを差し出す。

「うわ、めっちゃ緊張する」

「大丈夫。プロなんだから」と翔が言う。

おそるおそる志子田は赤ちゃんを抱いた。その軽さに驚きつつ、赤ちゃんを見ていると自然に頬がゆるんでいく。

そんな志子田に桃子が言った。

「ちょっとは反省した？」

「覚えてんじゃゃん」

「たけちゃん。子どもの命を救うお医者さんってすごいよ」

娘の頭を優しく撫でながら桃子は続ける。

「だって、もうこの子、私の命より大事だもん」

「……」

「三人ともすごいよ」

「……」

翔が桃子に寄り添い、言った。

「俺はさ、この子、南ちゃんから一文字もらって名前つけたいよ」

「南ちゃんはもともと一文字だから」

冷静にツッコまれ、「そうなんだけど」と翔は苦笑い。「ほら、わかるでしょ」

幸せそうなふたりに、志子田、矢野、河本が微笑む。

矢野と河本と一緒にPICUに入った志子田を、うれしそうな紀來の声が迎えた。

「しこちゃん先生！」

「紀來ちゃん」

「風邪でもひいたの？」

「違うよ～」と今成が紀來のベッドのほうにやってきた。「しこちゃん先生は旅行に行ってたんだよ」

「旅行？」

「ずるいよね～。あ～、お土産なんだろな～」

「なんだろな～」と羽生も寄ってきた。「美味しいものがいいな～。あとお金？」

「いいですねえ、お金のお土産」と根岸も乗っかる。

東上が冷静に言った。

「それはお土産じゃなく賄賂だ」

「いや、賄賂というより罰金だな」と浮田が返す。

隣に立った綿貫が言った。

「オーダーと処方、早めにチェックして」

みんなに向かって、志子田は感謝の思いを込めて頭を下げる。

その光景を遠巻きに眺め、植野は微笑んだ。


一週間ぶりに帰宅した志子田は、荷物を置くと台所に入った。

手を洗い、冷蔵庫のなかを物色する。食材の賞味期限を一つひとつ確認し、大丈夫なものを取り出した。

手早く焼きそばを作ると、それを自分用の皿とお供え用の小皿に取り分ける。

母の仏壇に小皿を供え、食卓に置いた焼きそばに手を合わせる。

「いただきます」

ひとりきりで食べても、同じ味がした。

これからはこれが日常だ。

※

診察を終えた東上がミーティングルームに戻ると、「東上先生」とテーブルで作業をしていた矢野が声をかけてきた。

「なに」

「先日、現場に出たときに思ったのですが、いろいろな薬の分量を子ども体重別に判別できるような一覧表を作ってみたらどうでしょう？」

「……」

東上は無言のまま矢野のほうへと歩み寄る。

「……ダメですかね」

矢野が作っていたその一覧表を一瞥《いちべつ》し、言った。

「すごくいいと思う」

横から綿貫も覗き込み、「すごくいいと思う」と重ねる。「私も手伝うよ」

「え……」

顔が近い！

思わず目をそらし、矢野はもごもご言った。

「……ありがとうございます」


寿司屋のカウンターに志子田と植野が並んで座っている。

おしぼりで手を拭きながら、植野が言った。

「なんか悪いね。いっつも安い店しか連れてってないのに」

「いやいや。ここ、そんなに高くないんで。でも、めちゃくちゃ美味しいんですよ。それに先生、ここは僕に出させてください」

「え……悪いよ」

「いや……本当にご迷惑おかけしたので」

「じゃあ」と植野は大将へと顔を向けた。「ウニと大トロといくらください」

いきなり！

「……じゃ僕、イカとマグロで」

熱いお茶でのどを潤し、「圭吾くんの件ですが」と植野は切り出した。

「札幌共立大の渡辺先生が各所をすごくうまくつないでくれて、研究チームを作ってくれました」

「函館の先生にいろんなデータを送ってくださっていると聞いています」

うなずき、植野はしみじみと語り出す。

「僕はね、はなから札幌の病院は助けてくれないだろうと思って、うちの病院でできることがすべてなんだって、そう思ってしまっていた。でもみなさん、僕が思っているような浅はかな人ではなかった。ちゃんと医者で、ちゃんとこの土地に生きる人たちでした」

「……」

「山田先生、元気でした？」

「はい。さっきお電話しました。丘珠病院に戻ることを報告して、圭吾くんのことも。そうしたら、『よかったね、鮭とば送るよ』って。植野先生のことも気にされてました」

「あら。じゃあ、今度遊びに行ってみよう」

「ホタテラーメン、最高でしたよ」

「牡蠣じゃなくて、そっちだね」

「はい」

笑い合っているところに寿司が置かれる。

植野は大トロを頬張り、なんとも言えない表情になる。言葉もなく、本当に美味しそうに寿司を食べる植野を見て、志子田の顔もほころぶ。

「北海道って広いじゃない。でも、なんだろう……近いんだね。心の距離が。病院の名前を話せば、すぐに先生の名前がポンッて出てくる。中心地から遠い病院のことを、都市部の先生たちがすごくよく気にしてる。素晴らしいね。やっぱり、北海道は一つの街なんだって思った」

「……道民としてはうれしいです」

ウニを口に運び、幸せそうに微笑んだあと植野は言った。

「医者ってなんだろうって、言ったでしょう」

「……」

「正直、わからない。でもね、僕にとっては、実は……いつも君が教えてくれるような気がする」

志子田は怪訝そうに植野を見た。

「経験とかは僕のほうがたしかにあるでしょう。でもね、ちょっと先に君がいて、こっちですよーって、君が道を指さしてる感じがするんだよなあ」

「そんなことないですよ」

「きっと無意識だよ。そこが君の一番いいところだから」

「……」

「僕は医者を生涯の仕事にしてしまった。後悔はしてないよ。でも、それでも年々気づくのは、自分のダメなところとか、足りないところとか、そういう嫌な部分ばっかりだ。医者を生涯の仕事にするかどうかは、人生を懸けて考えてください。最後まで、僕たちの仕事がなんだったのか、わからないかもしれないけどね」

「……はい」

うなずく植野に志子田は言った。

「先生。いっぱい、いっぱい教えてください。僕は先生のような医者になりたいので」

感極まったように植野は黙り込む。

「先生？」

「……大将。ウニといくらと、トロタク二つください」

「すいません。僕、あの、いくらダメなんですけど」

「なに言ってんですか。全部僕の分ですよ」

「え」


圭吾の感染症に改善の気配が見えはじめたとの報告が志子田のもとに飛び込んできたのは、その翌日のことだった。特に新しい処置を施したわけではないのに、症状が緩和しつつあるという。

経過観察を終え、丘珠病院は研究チームを招き、考察会を開いた。

集まった一同の前に立ち、志子田が報告を始める。

「圭吾くんは南北海道総合病院に移ってからも感染症のフォーカスは依然不明のままでしたが、この一週間で炎症反応が消えはじめています。今は経口摂取も進み、食事と点滴の半々となり、近いうちには輸液《ゆえき》を終了することができそうです」

医師たちからは驚きの声があがる。

志子田の報告が終わり、植野が言った。

「そうなると、補助人工心臓の植え込み手術に再トライできますね」

まだ信じられぬ思いで、志子田は曖昧にうなずいた。


カンファレンスで植野から考察会の報告を聞き終え、綿貫が言った。

「……奇跡ですね」

「はい。だからこそ、この奇跡を絶対に無駄にしない」

植野の言葉に、ミーティングルームに集まったスタッフ一同がうなずく。

「圭吾くんのご家族には、志子田先生、連絡してあげてください」

「はい！」

植野はもう一度一同を見回し、言った。

「圭吾くんの感染症は依然原因不明なので、念のため個室で管理する予定です。みなさん、準備をお願いします」

皆が一斉に動き出す。


「圭吾、丘珠病院に戻れるって。志子田先生にまた会えるよ」

うれしそうに報告する真美子にかすかにうなずき、圭吾は点滴台に飾ってあったパワーストーンのキーホルダーを指さした。

すぐに真美子がそれを外し、圭吾の手に握らせる。圭吾は涙のにじんだ瞳で願いが叶う石を眺め、微笑んだ。


植野が鮫島に働きかけ、圭吾のドクタージェットでの搬送が決まった。すぐに志子田と矢野は函館に向かう。

ふたりに付き添われ、圭吾は札幌に飛んだ。

丘珠空港でドクタージェットから降りる圭吾を迎えた植野は、これが第一歩だとその光景を心に刻む。

空港で乗り換えた救急車が丘珠病院に到着。待っていた東上、羽生とともに皆で圭吾の乗ったストレッチャーを運ぶ。

ＰＩＣＵではスタッフが勢ぞろいし、圭吾を迎え入れた。

個室に入り、志子田が機器を付け替えていると圭吾が言った。

「ただいまだね」

「これで最後にするからね」と志子田が応える。「圭吾くんをちゃんと治して、もうここに戻ってこなくていいようにするから」

「うん。俺も頑張る」

※

薄く積もった雪を踏みしめながら、植野が空港を望む高台の道を歩いている。手にしたスマホを耳に当て、鮫島に向かって話しはじめた。

「それは、どういう意味ですか」

決意を告げると、すぐに鮫島の戸惑ったような声が聞こえてきた。

「言葉どおりの意味です」

「お辞めになると、そういうことですか」

「丘珠にドクタージェットを常駐させる必要があるのは、私も痛いほど理解しています。

そして、そのために札幌の病院が連携する必要があるということも。私は、いろんな病院が助けてくれないとばかり思っていた。でも、違ったんです。もっと助けを呼べばよかった。それに、すでにできあがったコミュニティを崩す必要はないんです」

「私は先生のご経験を買ってお願いしたんです。今回、丘珠病院で多数の病院と交流があったと聞いています。ここで引かないでください。何か、我々が経験したことのないような事態が発生したときに、先生の知見が――」

「私がいなければ」と鮫島の懸命の説得を植野はさえぎる。

「私がいなければ、ドクタージェットを丘珠に常駐させることができるんですよね」

それを言われたら、鮫島は黙るしかない。

「ただ」と植野は続けた。「一つ約束していただきたいんです。渡辺先生がおっしゃるように札幌共立大の方がうちのPICUの科長になるのはなんの問題もないです。しかし、今いるスタッフを誰ひとりクビにしないでいただきたいんです。それだけ守ってくださるなら」

決断を迫られ、鮫島は不承《ふしょう》不承《ぶしょう》うなずいた。

「……わかりました」

「タイミングを見て、スタッフには私から話します。失礼します」

電話を切り、植野は眼前に広がる滑走路を見つめた。きれいに除雪され、どこまでもまっすぐに伸びている。


圭吾の手術の日がやってきた。

志子田や根岸、真美子らが個室からベッドを移動させていると、「先生、これ」と圭吾は願いが叶う石を差し出してきた。

「手術室には持っていけないから。先生、持ってて」

志子田は受けとり、微笑む。

「しっかり預かっとくね。先生の念もハーッて込めとくから」

「ふふ」と圭吾は笑みを返す。

個室を出たベッドはＰＩＣＵのフロアを横切り、手術室へと向かう。スタッフ一同が手を休め、圭吾を見送る。

手術室の前では今成が待っていた。

「圭吾くん、じゃあ行こうか」

真美子が顔を寄せ、「圭吾、頑張ってね」と笑顔で送り出す。

「うん」

最後に圭吾は志子田と目を合わせ、手術室へと入っていく。

あとはもう彼の力を信じて、祈ることしかできない。

頑張れ……。


志子田がミーティングルームに戻ると、羽生がパソコンに手術室のモニター映像を呼び出していた。

その背後で植野と綿貫が画面を見守っている。

準備をしている医師と看護師たちを見ながら綿貫がつぶやく。

「圭吾くん、頑張ってほしいですね」

「手術自体はきっとうまくいくでしょう。でも、術後管理がキモだからね」

植野の言葉に、「はい」と志子田がうなずいた。


準備が整い、担当する心臓外科医の遠藤《えんどう》が口を開いた。

「これから補助人工心臓の植え込み手術を開始します」

「お願いします」とスタッフ一同が一礼する。

「メス」

器械出しの看護師が遠藤にメスを渡そうとした瞬間、激しい振動が手術室を襲った。皆は体勢を崩し、器具のいくつかが床に落ちる。

「地震だ」と今成が声を飛ばす。「いったん止まって」

揺れはなかなか収まらず、「強いな」と浮田の顔色が変わる。

ＰＩＣＵでは一瞬照明が落ちたもののすぐに復旧した。点滴が揺れるなか、植野がミーティングルームからフロアへと飛び出していく。

「大丈夫ですか？　コンセントなど外れてないか確認してください」

「補助電源があるので大丈夫だと思いますが」とすぐに羽生が植野に応える。

「僕、手術室に行ってきます！」

矢も楯もたまらず志子田は駆け出した。

北海道庁の廊下を鮫島が早足で歩いている。合流した職員に切迫した口調で訊ねる。

「状況を教えてください」

「震源地に近い山琶《さんべ》町では消防が混乱していると連絡が入っています。雪がすでに深い地域もあります。二次災害も避けられないかと」

「わかりました」と振り返り、鮫島はさらに足を速めた。

「知事」と秘書の林《はやし》がジャンパーを渡す。それを羽織り、鮫島は緊急対策本部となった会議室の扉を開けた。


帽子とマスクをつけ、志子田は手術室へと足を踏み入れた。

「しこちゃん」

驚きつつ、今成が迎える。

「先生、圭吾くんは」

「ちょうどメスを入れる直前だったから、いったん中断してる」

そのとき、ふたたびグラッときた。

「余震だ」

スタッフが慌てて機材や器具を押さえる。

遠藤が息を吐き、言った。

「今日の手術は延期にしましょう」

「そうですね」と浮田もうなずく。

「そんな……」

思わず志子田は遠藤に詰め寄る。「圭吾くん、もう一度ＶＦになったら、今度こそ助かりませんよ」

「それは我々だってわかってるから」と今成がなだめる。

「……」

やりきれない思いを抱え、志子田は手術室を飛び出した。

入口付近が崩落したトンネルでは、動けなくなった車の列が暗い奥のほうまで延びている。車から逃げ出した人々が次から次へとトンネルから出てくる。

雪が降り積もった瓦礫のなかに、子ども用の赤い長靴が一足落ちている。飛び散った血しぶきが白い雪を赤く染めている……。

# 11

ＰＩＣＵに戻った志子田はミーティングルームに集まった一同に、圭吾の手術が中止になったことを報告した。

余震のことを考えるとやむを得ない決断だろうと植野が心臓外科チームを慮《おもんぱか》る。

「次の手術日は？」

矢野に問われ、険しい顔で志子田が言った。

「立て続けの全身麻酔は彼の身体に負担をかけるので、三日後だと」

「三日……」

「大丈夫。待てるさ。大丈夫」

自分に言い聞かせるように植野が言い、「はい」と志子田もうなずく。

地震被害の最も甚大だった山琶町にほど近い道東《どうとう》総合病院の救命救急は、次々と運び込まれる患者と受け入れ要請への対応でてんてこ舞いだった。

このままではパンクする。

科長の福田《ふくだ》はどうにか解決策を見出そうと懸命に考える。

『いつでも連絡してください』

そんな声とともに柔和な表情をしたヒゲ面の医師を思い出した。慌てて名刺入れを探り、一枚の名刺を取り出した。


余震も収まり、PICUが落ち着きを取り戻したとき、植野のスマホが鳴った。見知らぬ番号だったが予感が走り、植野はすぐに電話に出た。

「はい、丘珠病院、PICUです！……はい」

植野が顔つきを変え、ホワイトボードのほうへ向かうのを見て、すかさず羽生がペンとメモ帳を渡す。

「山琶白別《はくべつ》町の……白別トンネル付近で……バス事故……」

志子田がホワイトボードを近づける。

「小学生のスキー旅行……三十から四十人規模想定ですね」

事故の大きさに一瞬志子田の手が止まった。

「わかりました。態勢を整えて、ご連絡致します」

電話を切って植野は一同を振り向いた。

「道東総合病院のERの福田先生からでした」

「あ！　あの、俺の講演会に来てくれた！」と今成が思い出す。

「震源地に近い白別トンネルが崩落し、小児の怪我人が多数出た模様です。小学校五年生のクラスだそうです」

それを聞いて、志子田が言った。「十一歳前後だと体格差が相当ありますね」

東上がハッと矢野を振り返った。

「矢野先生と綿貫先生が、体重あたりの薬の量を計算しなくていいように、一覧表にしていたのでは」

「あの表の活躍のときだな！」と今成が笑む。

「現場に送ったほうがいい。すぐデータください」

矢野が東上にうなずいた。「わかりました」

「バス事故というと、重傷者が多そうですね」

綿貫に険しい顔を向けられ、植野もうなずく。

「福田先生もそのことを懸念されていました。近隣の病院も混乱している。搬送先に苦慮されているので、うちに患者を送れないかと」

「そんなの、もちろんイエスだろ！」と今成が声を張った。

「今、うちには大切な手術を控えた圭吾くんもいます。決して手薄にならないように注意しながら、救急の患者さんを受け入れていきましょう」

植野の言葉に皆が声をそろえた。

「はい」

トンネル崩落によるバス事故という情報から想定される症状に対応すべく、スタッフ一同は準備を始める。

と、植野のスマホが鳴った。福田からだ。

「みなさん、現場の先生からです」と皆に告げてから、植野はビデオ通話に切り替え、スマホをテーブルに置いた。

皆が囲み、その画面を覗き込む。

体育館だろうか、板張りの広いスペースにシートが敷かれ、そこに二十人近い子どもたちが寝かされている。

そのあちこちから、うめき声や母親を呼ぶ声が聞こえ、皆の表情が険しくなる。

三十秒ほど現場の様子が映されたあと、植野と同年代の男性医師が画面に現れた。

「道東総合の福田です。軽傷者も多いのですが……。この男児なのですが」とスマホのカメラをひとりの少年へと向けた。

真っ青な顔でぐったりと横たわる少年の服は血で濡れている。

「右の第四肋骨が折れています。皮膚から飛び出ている開放骨折です。内臓への損傷もあるかもしれません」

その映像を見て、植野は即決した。

「すぐにうちに搬送してください。丘珠のＰＩＣＵが受け入れます」


現地の映像を見て、一同は覚悟を新たにした。

準備のため皆が忙《せわ》しなく動き回るなか、ついに一人目の患児が到着した。


ドクターヘリに同乗していたフライトドクターが東上や志子田らに患児を引き渡しながら、報告する。

「鈴木《すずき》希《のぞむ》くん、十一歳。右に外傷性血気胸が見られます」

ストレッチャーの上でうめく希に今成が声をかける。

「痛かったな、頑張れよ」

「まずは人工呼吸器に乗せて、アセスメントしましょう」と、植野が指示を出す。

ストレッチャーから初療台へと希を移し、東上が処置に入った。

「Aラインとります」

志子田はポータブルレントゲンを両手で持ち、希の胸に当てた。

「希くん、レントゲン撮るね」

次の瞬間、心電図から警告音が鳴り響いた。

「ショックだ」と植野が即座に判断する。

「気管出血です！」と志子田が言うと、
矢野がすぐに志子田と場所を替わり、吸引に入った。

そこに浮田が駆け込んできた。

「状況教えてくれ」

「搬入後、すぐにショックになり、レントゲンも撮れてません」と植野が浮田に説明する。

浮田は希の患部を触診しながら、状態を探っていく。

「ドレーンからの出血がすごいな。触るよ」

触診を終え、浮田は決断した。「ここで開胸しよう。初療室に運んでください」

動揺を抑え、「はい」と志子田はうなずく。

これから、こんな重傷の子どもがどんどん運ばれてくるのだ……。

※

希に続いて丘珠病院に搬送されてきたのは腹腔内出血《ふくくうないしゅっけつ》の少年、野口朔太《のぐちさくた》だった。希ほど緊急性はなく、PICUでの処置となった。

志子田が腹部エコーをかけると腹腔内にかなりの出血が見られた。

「手術でしょうか」と植野をうかがう。

「カテーテル治療の選択肢を考えましょう」

「わかりました」

そこに手術を終えた希を乗せたストレッチャーが入ってきた。希をベッドに移し、今成が志子田に言った。

「圭吾くん、そろそろ目を覚ますよ」

「はい」

志子田はすぐに圭吾の個室へと向かった。

眠っている圭吾を横目にモニターをチェックしていると、その目がうっすらと開かれた。目を覚ましたばかりでぼんやりとしている圭吾に、志子田が声をかける。

「圭吾くん、わかる？」

「……」

圭吾は黙ったまま右手で胸の辺りを触った。しかし、あるはずの違和感がない。

「あれ？」

「実はね、手術中に地震が起きたんだ」と志子田は説明する。「それで、そのまま続けるのが危険だから、延期することになった」

「いつ？」

「三日後かな」

目を閉じた圭吾の顔が悲しげにゆがんでいく。

「神様はどうやっても、俺に生きてほしくないんだ」

「なに言ってんだ。そんなわけないだろ」

「もうちょっとっていうところで邪魔される」

「……」

「死んでほしいんだよ、俺に」

圭吾は悔しさをにじませる。

「そんなことない。大丈夫だから。次は、先生たち万全の態勢で手術するからね」と志子田は必死になだめるが、圭吾の目は今にも涙が零れ落ちそうになっていた。

現場の医師が不足しているとの連絡を受け、植野は東上と綿貫と矢野を現地に派遣することにした。

三人を送り出し、植野はあらためてミーティングを開いた。

「事故現場では救助活動が進んでいます。応急処置のあと、旭川、釧路の病院と連携して搬送先を決めていますが、うちが率先して受け入れていこうと考えています」

受け入れられる患児は……と志子田がホワイトボードに書かれた残り病床数を確認する。

「あと五床ですね」

「いえ」と植野が首を振った。「あと四床かと」

怪訝そうな志子田に植野が言った。

「院内からPICUへの転送希望があります。立花日菜ちゃん」

日菜ちゃんが……と志子田はショックを受ける。

「戻ってきちゃったかあ……」

「今度こそって頑張ってたのに」

今成と河本も無念の思いをにじませ、つぶやく。

「造血幹細胞移植《ぞうけつかんさいぼういしょく》は成功したんですが、今度はGVHD《移植片対宿主病》を発症してしまいました。肺障害がひどいです。小児科の鈴木先生から、再度こちらで観察しようということになりました」

植野の説明に、羽生がつけ加える。

「小児科に戻っても頑張っていたと聞きました。本当に急に悪くなったと……」

「前回以上に厳しい状況です」

すかさず志子田が言った。

「日菜ちゃんは、あらためて僕が担当します」

「日菜ちゃんの管理もしっかり行なっていきましょう」

「はい」

ベッドで眠る希の手首には血に染まったトリアージタグがつけられたままだった。志子田がそれを外していると、ズボンに貼られたスキー学習の参加者であることを示すバッジが目に入る。

隣のベッドに移動し、朔太の赤のトリアージタグも外す。同じくスキー学習のバッジを貼っていたが、そこに血痕が付着していた。

志子田がその血を拭いていると、羽生ら看護師たちが日菜のベッドを運んできた。

「立花日菜ちゃん、入室します」

日菜には意識がなく、ぐったりとしている。

PICUのベッドへと移された日菜の青白い顔を、志子田がじっと見つめる。

圭吾が戻ってきたのはものすごくうれしかったが、日菜が戻ってきたのは同じくらいつらいことだった。


負傷者の応急処置が行なわれている小学校の体育館の片隅で、東上が処置を終えた患児たちの搬送先を割り振っている。

ホワイトボードには搬送可能な近隣の病院が書かれているが、丘珠病院の四床以外はいずれもすでに満床になっている。

「……やはり、どこも満床ですか」

「はい」と消防隊員が東上にうなずく。「小児の重傷を受け入れられる病院も限られますから」

「重症者四名、すべてうちが受け入れます」

「圭吾くんが戻ってきたのはうれしかったけど、日菜ちゃんが戻ってきたのはすごくつらいです」

医局に戻った志子田は、植野に心情を吐露した。

「抜本的な治療が難しくても、亡くならないように命をつなぐ。それが、僕たちの最低限の仕事だから」

「はい」

「圭吾くんはVFに、日菜ちゃんは気胸が怖いからよくみておきましょう」

事故のショックはもちろん、痛みと寒さもあり、子どもたちの身体は震えている。地元の消防隊員たちが温かい飲み物を配りはじめた。

ようやく手が空き、矢野は周囲を見回す。ひとりだけ配られたココアを飲んでいない少女がいるのに気づき、声をかけた。

「どうしたの？　ちょっと胸の音、聞くね」

少女の呼吸はかなり荒い。矢野は聴診器で胸の音を聞くや、すぐに近くにいた消防隊員を呼んだ。

ストレッチャーに乗せた少女を矢野が消防隊員と一緒に重傷スペースに運んできた。

「どうした？」と東上が訊ねる。

「軽傷者ゾーンでぐったりしていることに気づき、聴診したところ、心音が微弱で、脈の触れも悪いです」

「心《しん》タンポナーデ？」と綿貫が言い、矢野がうなずく。

「その可能性が高いです」

綿貫が少女を見ながら、訊ねる。

「名前は？」

「木下沙耶《きのしたさや》ちゃんです」

亡くした娘につけようとした名前だ。

一瞬、綿貫の表情が変わるが、矢野も東上も気づかない。

綿貫は毛布の上に横たわる少女に声をかけた。

「沙耶ちゃん、わかる？　先生来たからね。もう大丈夫だからね」

「ポータブルエコー持ってきます」

駆け出そうとする矢野に、「お願いします！」と綿貫が声をかける。「あと、心嚢穿刺《しんのうせんし》できるセットもお願い！」

「はい！」

東上が綿貫の逆側に回り、言った。

「消毒の準備をする」

「お願いします。沙耶ちゃん、しっかりしてね」

声が届いたのか、沙耶が綿貫の手をつかんだ。

「……ママ、ママ」

うわ言のようにくり返す。

「……ママ、すぐ来るからね。沙耶ちゃんもすぐに元気になるから」

そう言って、綿貫は沙耶の手を優しく握った。

「だから、あともうちょっと頑張ろう」

苦しみにゆがんでいた沙耶の顔が少しだけ和らいだ。

そこに矢野が心嚢穿刺のセットを持って戻ってきた。

「穿刺します」

綿貫は慣れた手つきで沙耶の胸部に針を刺す。矢野が緊張気味に見守るなか、その手は一度も震えることがなかった。

肺を圧迫していた余計な空気が抜け、沙耶の呼吸が落ち着いていく。

モニターに視線を移し、矢野が言った。

「血圧上がってます」

安堵し、綿貫が東上に言った。

「うちのＰＩＣＵに搬送しましょう」

「それは……」

東上は、むずかしい顔でＰＩＣＵはすでに満床だと告げた。


「今、現場から五人目の搬送希望者が出ました」

ミーティングルームに集まったスタッフ一同に植野が告げた。

どうするんだ……と皆が顔を見合わせたとき、植野が言った。

「しかし、我々はこれ以上は受け入れないことにしました」

志子田がおずおずと口を開く。

「……その子たちはどうなるんですか」

「成人のＩＣＵでケアしてもらいます」

すぐに河本が反応した。「でも、ほかも満床だって聞きましたが」

「どこかは空いてるでしょう」

「たらい回しじゃないですか」

思わず口にした志子田を、「言葉には気をつけろ」と今成がいさめる。「うちが満床になった。仕方ないことなんだ」

「……『仕方ない』じゃ済まされませんよ」と志子田は譲らない。

「北海道内のいろんな病院が力を貸してくれています」

「でも」と河本も植野に反論する。「小児を断る病院がないと言い切れないじゃないですか」

「河本」と浮田が止めるが、河本は続けた。

「私は……納得できません。管理できないとあきらめるのは、子どもを見捨てたことになるのではないでしょうか。私は、ここはそういう場所ではないと思っています」

「この人数で回ると思いますか？」と植野は現実を突きつける。「次にＶＦが起これば命に関わる拡張型心筋症の患者と、移植後に危険な状態にある白血病患者を、最重症の外傷患者を受け入れ続ける合間に簡単に治療できると、そう思うんですか？」

答えられない河本に植野は言った。

「全員の命がかかっている。そういう場所です、ここは」

「……」

悔しげに顔をゆがませる植野を、志子田が見つめる。

「現場で救われても、ここで命が絶たれてしまったら、なんの意味もないじゃないですか」

「私も同じ意見だ」と浮田が言った。「これ以上、危険な状態の子どもを預かってオペしても、術後管理ができない」

「俺は受け入れてやりたいよ。でも、八床までしか管理できないと思うなあ」

そう今成が言うと、羽生が自らの立ち位置を示して言葉を続ける。

「私たち看護師は、医師が決めたことに従って最善を尽くすだけです」

皆が黙り込むなか、志子田が植野へと顔を向けた。

「植野先生。僕たちは……医者や看護師は、結局、最後には何もできないと思うんです。どうにかうまくいってくれとお願いすることしかできない。限られた時間、限られた人や物のなかで、できる限りのことをするしかない……。でも、病気とか怪我は悪魔みたいに患者さんを襲って……容赦なく命を持っていこうとするじゃないですか」

「……」

「僕は……人の命を預かる医者なので……何もできなくても、たとえ、目の前で命が失われるのを見ることになったとしても……それでも、ほかに受け入れ先がないなら、僕はその瞬間まで何かしたいんです。悪あがきでも、あがいて、あがいて……どうにか……命をこの世界につなぎ留めておきたい」

「……」

「ちょっとした違いで、助かったり、助からなかったりするってのがもう、本当に悔しいです。僕たちが……患者さんたちがどれだけ頑張っても、そんなことは関係ない世界かもしれない。でも、子どもが、『神様が意地悪だから仕方ない』とあきらめるような、そんな悲しいことだけはどうしても避けたいです」

「……」

志子田は植野を真っすぐ見つめ、言った。

「僕はそれを、先生から学んだと思ってます。最後まで、何かするべきだと」

その想いは深く刺さった。

固く結んでいた口をゆっくりと開き、「僕は……」と植野は声を絞り出す。

「君に、わかったとは言えない……」

「……」

「圭吾くんのことを考えろ。彼は、あと三日耐えないといけないんだ。ここまで持ってこれたことが奇跡なのに、あと三日だ。私が……ここにもっともっと、大きなＰＩＣＵを作るべきだったんです。北海道中の子どもを救うなんて大きな夢を掲げて……」

自分の無力さに植野はそれ以上何も言えなくなる。

そのとき、どこからか綿貫の声が聞こえてきた。

「わかりました」

「え、なに」と皆は戸惑う。

今成が恐縮したようにスマホを掲げた。

「……こんな感じになると思ってなかったから、東上先生に電話つないじゃってた」

そのスマホからふたたび綿貫の声が聞こえてきた。

「私、知ってます。ＰＩＣＵを作る準備をしていた、もう一つの病院を」

スマホを耳に当て、渡辺が驚きを隠さず言った。

「君が電話をかけてくることなんて、一生ないと思ってましたが」

「先生……力を貸してください」

※

現場での作業を終え、ＰＩＣＵに戻ってきた綿貫を羽生が迎えた。

「札幌共立大、ベッド相当空けてくれたんでしょ。心タンポナーデの女の子と、頭部外傷の男の子も受け入れてくれたって聞いたよ。よく……頼んでくれたね」

「あそこのＩＣＵのスタッフが、ＰＩＣＵを作りたくて何年も準備してたのは事実だから」と綿貫はさまざまな思いが混ざった複雑な表情を浮かべる。

「裁判、負けちゃったんでしょ……。聞いたよ」

うかがう羽生に、綿貫はせいせいしたように返す。

「終わって、本当によかった」

「あんたはすごい。本当に偉い」

「そうなのよね。意外と偉いのよ、私」

しばし笑い合い、綿貫は言った。

「さあ、働こう」

新たに運ばれてきた四名の患児の入室を終えたとき、鮫島知事の記者会見が始まった。

パソコン画面に映る鮫島に、植野が真剣なまなざしを送る。

『現場の医療従事者、消防、警察のみなさんが力を合わせて作業にあたっています。そのみなさんがきっと、子どもたちの命をひとり残らず救ってくださると信じています』

会見を終えた鮫島を廊下で迎えながら、秘書の林が心配顔で言った。

「断定的な表現は避けたほうがよろしいかと。何かあったときに道民からバッシングを受けます」

しかし、鮫島は動じない。

「私は道民に正しい情報を与える必要もあります。それと同時に現場の人間を鼓舞する必要もある。何をかけても命を救わないと。私たちがやってきた今までを無駄にしないためにも」

覚悟を語り、鮫島は前を向いて歩きだす。

ＰＩＣＵが少し落ち着いたので志子田は医局に戻った。とはいえ、長く目を離せる状況ではない。

志子田はカップ麺にお湯を入れると、一分も待たずにフタを剥がし、麺を口に運ぶ。

「固っ……まあいいや」

勢いよく麺をかき込んでいるとスマホが鳴った。

幼なじみ四人のグループ通話だった。受信ボタンに触れると画面に矢野が現れた。体育館の隅で黙々とおにぎりを食べている。

続いて現れたのは桃子だった。泣いている赤ちゃんをあやしながら、菓子パンを食べている。あまり寝られていないのか、その顔はかなりやつれている。

無言のまま食べ終え、二個目にかぶりついた。

最後は河本だ。廊下の壁に背をつけ、ようかんをかじっている。

ほぼ同時に食べ終わり、四人は声をそろえた。

「ごちそうさま」

皆に向かって、志子田が言った。

「頑張るぞ」

「おう」と矢野が応える。

「頑張れ、私たち」

「うん」と河本が桃子にうなずく。

画面から次々と顔が消え、志子田もスマホを置いた。

スープを飲み干し、立ち上がる。


志子田がＰＩＣＵに戻ってしばらくして、朔太が目を覚ました。

「おっ、気分はどうだ？」とすぐに今成が声をかける。

ぼんやりと周囲を見回す朔太に、志子田が言った。

「ここ、札幌の病院だよ」

微笑む志子田を見て、朔太はつぶやく。

「先生……、本当に寒かった……」

そう訴える朔太に志子田はうなずいた。


その頃、体育館には新たな患児が運ばれてきた。瓦礫《がれき》に埋もれて発見が遅れ、低体温症になっている少女だ。

冷え切った身体を毛布で包み、「頑張れ！　頑張れよ！」と呼びかけながら矢野が応急処置を施していく。

「名前言えるかな？」

東上の問いに、紫に変色した少女の唇がかすかに動く。

「……当間《とうま》……ふき」

「ゆきちゃん！　しっかりして！」

聞き間違いに気づかず、矢野は少女を「ゆき」と連呼しながら手当を続ける。

校庭に降りたドクターヘリに処置を終えた少年を乗せたストレッチャーが収容されるのを見ながら、矢野が東上に訴える。

「ゆきちゃんも危険な状態です」

「わかってる。次の便でゆきちゃんを搬送しよう」

矢野が焦っているのは、病状のことだけではなかった。

頭上に重く垂れこめた分厚い雲へと視線を移し、矢野がつぶやく。

「この天気、持つんでしょうか……」

『道東地方には暴風雪警報が出ています。今晩にかけて、雪や風にじゅうぶん注意が必要です。八メートルから十メートルの風速を予想しています――』

ミーティングルームで綿貫らとニュースを見ていた志子田がつぶやく。

「ドクターヘリが飛べない……」

校庭に舞い落ちる雪を、東上と矢野が険しい表情で見上げている。

「この雪がやむまでドクターヘリを飛ばすことができない。そうなるとさっきのドクターヘリが札幌からこちらに入ることができなくなる」

「でも、そもそもドクターヘリは日没までですよね。ゆきちゃん、持ちますかね……」

東上の眉間のしわが深くなっていく。

体育館では十分なケアなどできるはずもなく、ふきの低体温状態は続いている。これは時間との勝負だ。

矢野の思いを察し、東上はうなずく。

スマホを手にとり、矢野は志子田の番号を呼び出した。

矢野から現場の状況を知らされた志子田は、植野に提案した。

「道東空港までゆきちゃんを運びましょう」

思案する植野に、志子田は続ける。

「ドクタージェットを要請してもらえませんか？　我々には、もうそれしか手がありません」

「……わかりました。知事に要請してみます」

会議室で植野からの電話を受けた鮫島は即座に言った。

「全力で調整します。道東空港に向かってください」

通話を切った鮫島に、運輸担当職員が戸惑い気味に訊ねる。

「ドクタージェット、たしか予約があったのでは？」

「空けるんです。何としても」

「……」

「そもそもドクタージェットが公費で専用機として確保されていないことが問題なんです。だから、大切なときにプライベートジェットとして使われていたりする……。揉めたら言ってください。私が直接交渉します」

雪のなかを空港へとひた走る救急車のなか、次第に衰弱していくふきが意識を保てるように矢野が声をかけつづけている。

「……先生」

うっすらと目を開け、ふきが言った。

「ゆきちゃん、今、空港に向かってるからね」

「お母さんとお父さんに伝えてください。ふたりのこと、大好きだよって」

少女から発せられた遺言めいた言葉に、東上の表情が変わる。

しかし、矢野はきっぱりと言った。

「伝えない」

悲しげに顔をゆがめるふきに向かって、矢野が続ける。

「ゆきちゃんは死んだりしないから。だからそれは、ふたりに直接伝えて」

「……」

「生きてるとね、絶対いいことがあるから。君にはもっともっと楽しいことが待ってるから」

「そうだ」と東上も思いを込めて、ふきを励ます。

「弱気になるな。頑張れ!」

ふきはコクンとうなずいた。


道東空港に到着した一行は滑走路のわきに救急車を停め、ドクタージェットを待つ。

すでに雪はやみ、辺りを夜の闇が覆い尽くしている。

やがて、闇の彼方から小さな光が見えてきた。

徐々に近づいてくる希望の光に向かって、矢野がつぶやく。

「間に合った……」


救命救急の入口からストレッチャーを押しながら、矢野と東上が入ってくる。迎えたPICUスタッフに矢野が告げる。

「当間ゆきちゃん、十歳です。長時間低体温症になっており、体温が戻りません」

「ゆきちゃん、病院着いたよ」

志子田が声をかけ、ふきの手を握る。

小さな手からは弱々しくも確かな命の脈動が伝わってくる。

しかし――。

「血圧が低下しています」

PICUフロアに切迫した矢野の声が響く。

ふきの様子とモニターを交互に見て、植野が冷静に志子田に指示する。

「アドレナリン、持続静注を開始しよう。心エコーも」

志子田が処置するもふきの血圧は上がらない。それどころかさらに下がりつづけ、心拍の触れも弱まっていく。

矢野が焦りを隠せない声で言った。

「徐脈です」

「心臓マッサージします！」と志子田が叫ぶ。

「持続静注するより先に、ワンショット打とう」

植野が看護師にそう指示すると同時に、志子田が両手でふきの胸を押していく。

「一、二、三、四、五、六、七……」

AEDで電気ショックを与えつつ心臓マッサージを続けるも、ふきの心拍は戻らない。

志子田の顔は汗でぐしゃぐしゃになり、息も荒くなっている。

「二分経ちました」と羽生が経過時間を告げる。

と、モニターに小さな波が現れた。

思わず矢野は叫んだ。

「戻った！」

すぐに綿貫がふきの首筋に指を当てる。

「脈、触れてます！」

志子田は脱力したようにゆっくりとふきから離れた。

「よし！」と植野が声を張る。「アドレナリン、持続静注を開始しよう。体温上げるぞ」

「はい！」


夜も更け、行方不明だった子どもたちの安否もすべて確認された。

会議室で道庁職員からの報告を聞き、鮫島は安堵の息をつく。

「じゃあ、今回は被害はなかったということですね？」

「それが……」

発見が遅れた少女がひとり、命を落としたという。なぜかトンネルの反対側を出て、雪深い森の奥に迷い込んだ末の低体温症による死亡だった。

まさかトンネルを出ているとは思わず、救助隊は瓦礫の下を中心に捜索していたので息のあるうちに見つけ出すことができなかったのだ。

「そうですか……」

鮫島は無念の思いを噛みしめながら、静かに目をつぶった。

※

翌朝、満床になったＰＩＣＵを回診する志子田、現場から帰院したばかりの東上の前に、植野が歩み寄って声をかけた。

「さっそくで申し訳ないんだけど、ミーティングしましょうか」

「……はい」

ミーティングルームにはスタッフ全員が顔をそろえていた。昨日ホワイトボードに書き込まれた事故の詳細を見ながら、植野が語りはじめる。

「今回の事故に遭った小児が総勢三十七名。軽傷者が十八名、重傷者が十四名。彼らは今、それぞれのＩＣＵで管理されています。そして……」

一度言葉を切り、植野はやりきれない気持ちを落ち着けた。

「死亡者が一名」

「……」

「石川蛍《いしかわほたる》ちゃん、十一歳です。余震による二次災害で崩落事故が起きてしまい、彼女の発見が遅れてしまいました」

植野は一同を見回し、続ける。

「ここから考えたいと思います。どうやったら、彼女を救えたのか」

皆が黙考するなか、矢野が最初に手を挙げた。

「現場に行って感じたのですが、ほかの土地でも災害が起きていたので人手が足りていなかったように思いました。医療機関と行政が大規模災害について訓練を行なうべきではないでしょうか」

「いい意見です」と植野がもう一枚のホワイトボードに書いていく。

「現場に小児外科が行ってもいいのかなと思ったよ」と浮田が続く。「現場でこれは手術、手術じゃないかを判断できるし、もしかしたら、簡単なものだったらその場で処置できるから」

「でも、そのために貴重な小児外科医がひとり現場に出て、こっちで手術できないってなったら本末転倒じゃないか」

「内科と外科と救命医で、ときどき勉強会をするのはどうでしょう」と綿貫が割って入る。

「議論の価値がありますね」

志子田が手を挙げ、植野に訊ねた。

「石川蛍ちゃんには、外傷はあったのでしょうか？」

「……大きな外傷はありませんでした。発見が遅れたことでの低体温症です」

「すべてが簡単に解決するとは思いませんが……」と前置きし、志子田はずっと胸に秘めていた思いを話しはじめる。

「もし、ドクタージェットが丘珠に常駐して、そのジェットが医療物資や、医師や看護師を現地にどんどん送ることができていれば……。もしうちに、もっとベッドがあって、ドクタージェットで子どもたちをどんどん迅速に搬送して……。そんな環境が成立していれば、現場にもっと余裕が生まれて、石川蛍ちゃんはもっと早く、ひょっとすると生存した状態で発見されていたかもしれません」

「もしこうだったら……。そう思うのは本当に悔しいことだけど、そうだね」と植野はうなずいた。「そうだったかもしれない」

黙り込む一同を見渡し、植野はあらたまった口調で言った。

「みなさんにお話があります」

「……」

「丘珠空港にドクタージェットが常駐されることになると思います。最速でも来年度ですが。そして……」

「……」

「ここのPICUの科長に、札幌共立大の野々村《ののむら》先生が就任されることになります」

皆に衝撃が走る。

「……先生、それって」と羽生が困惑の表情を植野に向ける。

「私は、ここを退職します」

「どうしてですか」と志子田が問い、綿貫も理由を訊ねる。

「水臭えぞ。ひとりで決めて」と今成は憤慨している。

植野は淡々と語りだした。

「ドクタージェットを丘珠に常駐させるために、道が国から言われていた課題は、うちと近隣病院の連携の悪さでした。丘珠空港にドクタージェットを常駐させるということは、二十四時間いつでも飛べるように医師と看護師がうちの病院、または丘珠空港に常に控えている必要があります。その人員を捻出するには、うちの病院だけじゃダメだ。近隣の病院の理解が必要で、札幌共立大の方にお願いするのが一番だと——そういうことです」

「それを先生がやることはできないんですか」と志子田が植野を見据えて、なおも言葉を続ける。

「北海道のことは、北海道の人間がやるべきだと、そういうことですか？」

志子田の問いかけに、その場の誰もが押し黙り、植野を見つめている。

「だからお辞めになるんですか？」

「……はい」

「……嫌です」

志子田は、植野のことをまっすぐに見据えて言葉を続けた。

「先生、ここの仕事が最後の仕事だっておっしゃってましたよね。ここが最後の場所だって。まだ……先生もおっしゃっていたように問題がたくさんあるのに、また救えなかった命があったのに……そんなくだらない事情で、くだらないって言ってはいけないかもしれないですけど、でも、やっぱりくだらない事情で、先生がいなくなるのはおかしいです」

「僕も嫌です」と矢野が続く。

重苦しい空気を変えるように、今成が明るい声を出す。

「植ちゃんはさ、いっつも自分で抱えちゃうけどさあ、分け合ってよ。その荷物をさ」

「先生……」

翻意をうながすように羽生が植野を熱く見つめる。

志子田はなおも植野に訴え続ける。

「僕たちのＰＩＣＵはまだまだこれからなんです。もう少し、先生のもとでやらせてください。お願いします」

頭を下げる志子田に、皆も続く。

スタッフ全員の思いに植野が胸を熱くしていると、意外な人物がミーティングルームに入ってきた。

「うちから医者を出すのはやめました」

声の主を見て、綿貫が怪訝そうな声をあげた。

「渡辺先生」

「今回の件で確信しました。ここだけじゃ不十分です」

固唾をのんで見守る一同に挑むように渡辺は宣言した。

「私たちは自分のＰＩＣＵを作ります。丘珠空港は冬に路面が凍結して使えない日があるでしょう。私たちは関連病院が千歳にある。新千歳空港の近くにＰＩＣＵを作って、冬季のジェット運用に備える」

「それって……」と今成が渡辺をうかがう。「協力関係になってくれるってこと?」

「あなたたちはあなたたちで、好きにしていてください」

そう言い放ち、渡辺はミーティングルームを出ていった。

皆はあっけにとられたように見送り、誰ともなく笑みが漏れてきた。


居酒屋のカウンターで植野と並んで飲みながら、「いやー、本当に素直じゃないね」と今成が苦笑している。「素直じゃないっていうか、わかりづらい。なに言ってるかポカーンってしちゃったもんね」

もちろん、今日の渡辺の訪問に関してだ。

「あれさ、自分たちがＰＩＣＵ作って、ベッドが足りないときはフォローするよってことでしょ？　丘珠空港が使えない冬は特にフォローするよってことでしょ？　なんでそう言えないかな、あのナベちゃんは」

「……」

「知事も喜んでたでしょ？　この状況。よかったじゃない、いろいろ。ウィンウィンっていうか、なんだろ……桶屋が儲かる、じゃなくて割れ鍋に閉じ蓋？　違うか」

黙ってビールを飲んでいた植野がボソッと言った。

「……よかった」

「ん？」

安堵したようにしみじみとビールを味わう植野に、今成は笑った。

「そうだろ。辞めたくなかったんだろ。バカ野郎」

「はい」

「しこちゃんにすごい言われようだったぞ」

「……情けないですね」

「大丈夫。俺はおじさんの味方をするおじさんだから」

今成が植野の肩をポンと叩く。

「でも、あんときはしこちゃんの味方しそうになったかな」

「……」

「だって、残ってほしかったんだもん。先生にはもっとやれること、あると思うよ」

「ありますかねえ」

「あるよ」

「……あるね」

今成と笑みを交わし、植野は言った。

「面白いなあ、医者って仕事は」

日菜が深い眠りから目覚めると、ぼんやりとした視界の向こうに優しげな瞳が見えた。大好きな先生が自分に向かって微笑んでいる。

「……しこちゃん先生」

「日菜ちゃん、気分はどう？」

「もうここには来ないって思ったのに」

こんな形での再会は望んではいなかったと正直に胸のうちをさらす。

悔しそうに唇を結ぶ日菜に志子田が言った。

「急がないでいいから。先生たちはいっつもここにいるからさ」

「うん」

バタバタとミーティングルームに駆け込み、焦ったように電子カルテを打ちはじめた矢野に、綿貫が怪訝そうな顔を向けた。

「どうした？」

「あの最後に搬送された女の子、ゆきちゃんじゃなくてふきちゃんだったんですよ」

「ええっ」

「すっごい『ゆきちゃん』って励ましちゃって……。あ、綿貫先生」

「なに？」

「先生の手、震えてませんでした。沙耶ちゃんのとき」

「……お」

「俺が言うのもアレですけど、きっと大丈夫ですよ」

「かなりアレだけど。ありがとう」

目が合い、ふたりは笑い合う。

その様子を遠巻きに眺めながら羽生がつぶやく。

「いいな～、若いって」

隣にいた東上がうなずいた。

「職場に楽しみがあっていいよ」

「あ、東上先生も職場恋愛経験あり？」

無視されると思いきや、東上はふっと笑みを返す。

「あれ、笑った？」

「……笑ってない」

「笑いましたよね？」

「笑ってない」

圭吾は無事に手術の日を迎えた。

「じゃあ、今度こそ行ってくるね」

ベッドの上から圭吾が志子田に言った。

「うん、待ってるね。頑張って」

圭吾と拳を合わせると、志子田は手術室へと向かうベッドを見送った。

※

三か月後――。

雪に反射した日の光に目を細めながら、志子田がゆるやかな坂道を登っている。坂の上の教会の鐘が鳴り、雪晴れの空に美しく響きわたる。

やがて、志子田が坂の上の教会に着くと、少年が立っていた。しっかりと、その場に立ち、志子田に向かって手を振っている。

「しこちゃん先生！」

満面の笑みを浮かべた圭吾だった。

礼拝堂の木製のイスに並んで座り、ふたりは久しぶりの再会を喜び合う。

「補助人工心臓の具合はどう？」

「すごく楽になった。いい感じ」と圭吾が微笑む。

「よかった。でも、あんまり無理しちゃダメだよ」

「うん。俺、ちゃんとこの補助人工心臓を大切にして、心臓移植して、しこちゃんみたいなお医者さんになる」

「うれしいけどさ、世の中にはいろんな仕事があるよ」

「なに？」

「うーん、パイロットとか学校の先生とかコックさんとか。バスガイドとかいい仕事だよ」

「じゃあ、しこちゃんはもし生まれ変わったら、どんな仕事したい？」

「そうだなぁ……うーん……」

さんざん考えた末、志子田は言った。

「やっぱ、医者かなあ」

「そうなんだ」

「わりといい仕事なのよ。これ」

そうなんだ。

医者って、結構いい仕事なのだ。


志子田が函館から札幌に戻ったその夜、幼なじみたちが志子田家に集まった。カニ鍋をつつきながらにぎやかに盛り上がっているのに、桃子の胸の前、抱っこひものなかで赤ちゃんはすやすやと眠っている。

「南々子《ななこ》、いい子にしてくれて助かるわ」

そう言って、桃子は南の仏壇へと目をやった。遺影の隣には『命名　南々子』と筆書きされた紙と幼なじみ四人と南々子で撮った写真が飾ってある。

桃子の視線を追って、河本が言った。

「南ちゃんになんか似てる気がする」

「どこがだよ」と志子田がツッコむ。「全くの他人だろうが」

すかさず矢野が言った。

「他人じゃないよ。南の漢字もらってんだから、もう孫みたいなもんだ」

「よかったな、母ちゃん、初孫だ」と志子田も仏壇を振り返った。

「実際の孫は……ちょっとできるかわかんないですもんね」

憎まれ口を叩く河本に、「わかります。できます。勝手に決めつけないでください」と志子田が口をとがらせる。

「いいヤツなんだけどね」

矢野のフォローに、「わかる」と桃子がうなずいた。


鍋を食べ終えると、志子田と矢野がロウソクの立てられたケーキを持ってきた。

「せーの」

皆のかけ声のあと、河本がひと息でロウソクの炎を吹き消した。

「おめでとう！」

「ありがとう！」と少し照れつつ、河本が皆の祝福に応える。

「はい、二十八歳の抱負は？」と矢野がマイクを持ったように右手を向ける。

「そうだなあ……仕事かな。海外でも仕事できるように、英語を極める！」

「カッコいい～」

「悠太は？」と河本が訊ね返す。

「俺？　俺は……やっぱり都会じゃない地域の医療が今でも気になっていて。地域との取り組みもあるみたいだから、参加して、連携とって少しでもサポートできたらなって思ってる」

具体的なビジョンを描ける矢野に、「すげえな」と志子田は素直に感心。

「悠太ならできると思う」と桃子は太鼓判を押す。

「桃子は？」

矢野に問われ、桃子は胸に抱いた南々子に目をやる。

「この子をちゃんと育てる。あ、それと、マッサージ行きたいわ～」

「それは目標じゃない。欲求だから」

ツッコミを無視し、桃子が訊ねる。

「で、たけちゃんは？」

「そうだなあ……」

三人が注目するなか、志子田は語りだした。

「父ちゃんみたいな男になりたいかな。全然覚えてないんだけど。なんかね、すっごいいい男だったんだって。優しくてさ、母ちゃんがすげー褒めてたから」

「……」

「それで、父ちゃんにとっての母ちゃんみたいな？　そういう人を見つけて。子どもはどうなるかわかんないけど、家族になって、ここで医者やりながら、暮らしていけたらなって感じかな」

志子田らしい夢を聞き、矢野はなんだかうれしくなった。

「……頑張れよ」

「あ」

そのとき、志子田のスマホが鳴った。

画面に表示されているのは『ＰＩＣＵ』の四文字。

今の自分の生きる場所だ。

「すぐ行きます」

そう応え、志子田は立ち上がった。

## CAST

志子田武四郎……………… 吉沢亮
植野元…………………… 安田顕
綿貫りさ………………… 木村文乃
矢野悠太………………… 高杉真宙
羽生仁子………………… 高梨臨
河本舞…………………… 菅野莉央

涌井桃子………………… 生田絵梨花
東上宗介………………… 中尾明慶
鮫島立希………………… 菊地凛子

鈴木修…………………… 松尾諭
浮田彰…………………… 正名僕蔵
渡辺純…………………… 野間口徹
今成良平………………… 甲本雅裕
山田透…………………… イッセー尾形
志子田南………………… 大竹しのぶ

他

## ■ TV STAFF

脚本：倉光泰子

音楽：眞鍋昭大

主題歌：中島みゆき『倶に』

（ヤマハミュージックコミュニケーションズ）

医療監修（小児外科）：浮山越史（杏林大学病院）、

渡邉佳子（杏林大学病院）

川嶋　寛（埼玉県立小児医療センター）

医療監修（PICU）：植田育也（埼玉県立小児医療センター）

取材協力：宮城久之（旭川医科大学）

プロデュース：金城綾香

演出：平野眞

制作・著作：フジテレビ

## ■ BOOK STAFF

ノベライズ：蒔田陽平

ブックデザイン：竹下典子（扶桑社）

校閲：東京出版サービスセンター

DTP：明昌堂

# PICU 小児集中治療室（下）

発行日　2023年1月21日　初版第1刷発行

脚　　本　倉光泰子
ノベライズ　蒔田陽平

発 行 者　小池英彦
発 行 所　株式会社 扶桑社
〒105-8070 東京都港区芝浦1-1-1 浜松町ビルディング
電話　03-6368-8870（編集）
03-6368-8891（郵便室）
www.fusosha.co.jp

企画協力　株式会社フジテレビジョン

製本・印刷　図書印刷株式会社




ISBN 978-4-594-09360-0